HÉSIODE ÉDITIONS

DOSTOÏEVSKI

La Logeuse

Hésiode éditions

© Hésiode éditions.

1 rue Honoré - 93500 Pantin.
ISBN 978-2-38512-140-2
Dépôt légal : Janvier 2023

Impression Books on Demand GmbH

In de Tarpen 42
22848 Norderstedt, Allemagne

La Logeuse

PARTIE I

I

Ordynov se décidait enfin à changer de logement. Sa logeuse, une femme âgée, très pauvre, veuve d'un fonctionnaire, avait dû, pour des raisons imprévues, quitter Saint-Pétersbourg et aller vivre chez des parents, dans un petit village, sans même attendre le premier du mois, date à laquelle expirait sa location. Le jeune homme, qui restait jusqu'au bout du terme, payé d'avance, songeait avec regret à ce logis qu'il allait devoir abandonner, et il en était triste. Cependant il était pauvre et son logement était cher. Le lendemain, après le départ de sa logeuse, il se coiffa de son bonnet et sortit regarder dans les petites ruelles de Pétersbourg les écriteaux collés aux portes cochères des maisons, s'arrêtant de préférence devant les immeubles les plus sombres et les plus populeux où il avait plus de chance de trouver la chambre qui lui convenait, chez de pauvres locataires.

Il y avait déjà un bon moment qu'il était absorbé dans sa recherche, quand, peu à peu, il se sentit envahi par des sensations neuves, presque inconnues. D'abord distraitement, négligemment, ensuite avec une vive attention, il regarda autour de lui. La foule et la vie de la rue, le bruit, le mouvement, la nouveauté des choses, toute cette activité, ce train-train de la vie courante qui ennuie depuis longtemps le Pétersbourgeois affairé, surmené, qui, toute sa vie, cherche en vain, et avec une dépense énorme d'énergie, la possibilité de trouver le calme, le repos dans un nid chaud acquis par son travail, son service ou d'autres moyens – toute cette prose, terre à terre, éveillait en Ordynov, au contraire, une sensation douce, joyeuse, presque enthousiaste. Ses joues pâles se couvrirent d'un léger incarnat, ses yeux brillèrent d'une nouvelle espérance, et, avec avidité, à larges bouffées, il aspira l'air froid et frais. Il se sentait extraordinairement léger.

Il avait toujours mené une vie calme, solitaire. Trois ans auparavant, il avait obtenu un grade scientifique et, devenu libre autant que possible, il était allé chez un vieillard que, jusqu'alors, il ne connaissait que de nom. Là on l'avait fait attendre longtemps, jusqu'à ce que le valet de pied en livrée eût daigné l'annoncer pour la deuxième fois. Enfin, il avait été introduit dans un salon haut, sombre, désert, inhospitalier, comme il y en a encore dans certaines vieilles demeures seigneuriales où la vie semble s'être figée. Dans le salon, il avait aperçu un vieillard à cheveux blancs, chamarré de décorations, l'ami et le collègue de feu son père et son tuteur. Le vieillard lui avait remis un peu d'argent. La somme était minime ; c'était ce qui restait de l'héritage de ses aïeux, vendu par autorité de justice, pour dettes. Ordynov avait pris cet argent d'un air indifférent, puis avait dit adieu pour toujours à son tuteur et était sorti dans la rue. Cet après-midi d'automne était froid et sombre. Le jeune homme était pensif et une tristesse immense déchirait son cœur. Une flamme brillait dans ses yeux ; il avait des frissons de fièvre. Il calculait, chemin faisant, qu'avec l'argent qu'il venait de recevoir il pourrait vivre deux ans, ou trois, quatre ans peut-être, s'il ne mangeait pas toujours à sa faim. La nuit vint ; la pluie commençait à tomber. Il loua le premier réduit qu'il trouva, et, une heure après, y était installé. Là, il s'enferma comme dans un cloître, renonça complètement au monde, et, deux ans plus tard, il était devenu tout à fait sauvage.

Il le devint sans le remarquer ; il ne pensait même pas qu'il y eut une autre vie bruyante, agitée, changeante, attirante et toujours, tôt ou tard, inévitable. À vrai dire, malgré lui, il avait entendu parler de cette vie, mais il l'ignorait et ne cherchait pas à la connaître. Son enfance avait été solitaire ; maintenant il était absorbé tout entier par la passion la plus profonde, la plus insatiable, par une de ces passions qui ne laissent pas aux êtres comme Ordynov la moindre possibilité pour une activité pratique, vitale. Cette passion c'était la Science. En attendant elle rongeait sa jeunesse d'un poison lent, délicieux ; elle troublait même le repos de ses nuits, et le privait de la nourriture saine et de l'air frais qui jamais ne pénétrait dans son réduit. Mais Ordynov, dans l'engouement de sa passion, ne voulait même pas le remarquer. Il était jeune, et, pour le moment, il ne demandait rien de plus. Sa passion le laissait enfant pour tout ce qui était de la vie extérieure, et le rendait incapable à jamais d'écarter les braves gens pour se faire une petite place parmi eux, le cas échéant. La science, entre certaines mains, est un capital ; la passion d'Ordynov était une arme tournée contre lui-même.

C'était moins la volonté nette et logique d'apprendre, de savoir, qui l'avait dirigé vers les études auxquelles il s'était adonné jusqu'à ce jour, qu'une sorte d'attirance inconsciente. Encore enfant, on le considérait comme un original, car il ne ressemblait en rien à ses camarades. Il n'avait pas connu ses parents. À cause de son caractère bizarre, de sa sauvagerie, il avait souffert beaucoup de la part de ses jeunes condisciples et cela l'avait rendu encore plus sombre, si bien que, peu à peu, il s'était écarté complètement des hommes pour se renfermer en lui-même.

Dans ses études solitaires, jamais, pas plus que maintenant, il n'y avait eu d'ordre, de système. C'était comme le premier élan, la première ardeur, la première fièvre de l'artiste. Il s'était créé un système à son usage. Il y avait réfléchi pendant des années, et en son âme se formait peu à peu l'image encore vague, amorphe, mais divinement belle de l'idée, incarnée dans une forme nouvelle, lumineuse. Et cette forme, en voulant se dégager de son âme, la faisait souffrir. Il en sentait timidement l'originalité, la vérité, la puissance. Sa créature voulait déjà vivre par elle-même, prendre une forme, s'y fortifier ; mais le terme de la gestation était encore loin, peut-être très loin, peut-être était-il inaccessible.

Maintenant Ordynov marchait dans les rues comme un étranger, comme un ermite sorti soudain de son désert de silence, dans la ville bruyante et mouvante. Tout lui paraissait neuf et curieux. Mais il était à tel point étranger à ce monde qui bouillonnait et s'agitait autour de lui, qu'il n'avait pas même l'idée de s'étonner de ses sensations bizarres. Il paraissait ne pas s'apercevoir de sa sauvagerie. Au contraire, un sentiment joyeux, une sorte d'ivresse, comme celle de l'affamé à qui, après un long jeûne, on donnerait à boire et à manger, naissait en lui. Il peut sembler étrange qu'un événement d'aussi mince importance qu'un changement de logis ait suffi à étourdir et à émouvoir un habitant de Pétersbourg, fût-ce Ordynov ; mais il faut dire que c'était peut-être la première fois qu'il sortait pour affaire. Il lui était de plus en plus agréable d'errer dans les rues, et il regardait tout en flâneur.

Fidèle, même maintenant, à son occupation habituelle, il lisait, dans le tableau qui se découvrait merveilleux devant lui, comme entre les lignes d'un livre. Tout le frappait. Il ne perdait pas une seule impression et, de son regard pensif, il scrutait les visages des passants, observait attentivement l'aspect de tout ce qui l'entourait, écoutait avec ravissement le langage populaire, comme s'il contrôlait surtout les conclusions nées dans le calme de ses nuits solitaires. Souvent, un détail le frappait, provoquant une idée, et, pour la première fois, il ressentit du dépit de s'être enseveli vivant dans sa cellule. Ici tout allait beaucoup plus vite, son pouls battait plus fort et plus rapidement. L'esprit, opprimé par l'isolement, stimulé seulement par l'effort exalté, travaillait maintenant avec rapidité, assurance et hardiesse. En outre, presque inconsciemment, il désirait s'introduire d'une façon quelconque dans cette vie étrangère pour lui ; car, jusqu'à ce jour, il ne la connaissait, ou plutôt ne la pressentait, que par l'instinct de l'artiste. Son cœur battait malgré lui de l'angoisse de l'amour et de la sympathie. Il examinait avec plus d'attention les gens qui passaient devant lui, mais tous étaient lointains, soucieux et pensifs… Peu à peu le sentiment d'Ordynov se dissipait. Déjà, la réalité l'oppressait et lui imposait une sorte de crainte et de respect. Cet assaut d'impressions jusqu'alors inconnues commençait à le fatiguer. Comme un malade qui se lève joyeusement de son lit pour la première fois, et retombe frappé par la lumière et le tourbillon éclatant de la vie, de même, Ordynov était étourdi et fatigué par le bruit et la vivacité des couleurs de la foule qui passait devant lui. La tristesse et l'angoisse le gagnaient. Il commençait à avoir peur pour toute sa vie, pour son activité, même pour l'avenir. Une pensée nouvelle tuait son calme ; tout à coup, il venait de se dire qu'il était seul, que personne ne l'aimait et que lui-même n'avait jamais eu l'occasion d'aimer quelqu'un. Quelques passants auxquels, par hasard, il avait adressé la parole en commençant sa promenade, l'avaient regardé d'une façon étrange, blessante. Il voyait qu'on le prenait pour un fou, ou du moins pour un original des plus singuliers, ce qui d'ailleurs était tout à fait juste. Alors il se souvint que tout le monde était gêné en sa présence, toujours ; dès son enfance, tous l'évitaient à cause de son caractère renfermé, obstiné, et la compassion qui, parfois, se manifestait en lui était pénible aux autres ou incomprise d'eux. Et de tout cela il avait souffert, étant enfant ; alors qu'il ne ressemblait à aucun enfant de son âge. Maintenant cela lui revenait et il constatait que, de tout temps, tous l'avaient abandonné et fui.

Sans se rendre compte comment il y était venu, Ordynov se trouva dans un quartier très éloigné du centre de Pétersbourg. Après un dîner très sommaire dans un petit débit, il recommença à errer par les rues, traversa des places et arriva ainsi à une sorte de chemin bordé de palissades jaunes et grises. Au lieu de riches constructions c'étaient maintenant de misérables masures et des bâtiments d'usines immenses, monstrueux, rouges, noircis, avec de hautes cheminées. Tout alentour était désert et vide ; tout avait l'air sombre et hostile ; cela semblait du moins à Ordynov. Le soir venait. Au bout d'une longue ruelle il arriva à la petite place de l'église paroissiale.

Il y entra distraitement. Le service venait de finir. L'église était presque vide. Deux vieilles femmes étaient agenouillées à l'entrée. Un sacristain, petit vieillard à cheveux blancs, éteignait les cierges. Les rayons du soleil couchant traversaient en un large flot le vitrail étroit de la coupole et éclairaient d'une lumière fulgurante l'un des autels. Mais leur éclat diminuait peu à peu, et plus l'obscurité s'épaississait à l'intérieur du temple, plus merveilleusement brillaient, par endroits, les icônes dorées, éclairées par la lumière vacillante des veilleuses et des cierges.

Saisi d'une profonde angoisse et d'un étrange sentiment d'oppression, Ordynov s'appuya contre la muraille dans le coin le plus sombre de l'église et s'abandonna pour un instant. Il se ressaisit quand les pas sourds, mesurés, de deux visiteurs retentirent sous les voûtes. Il leva les yeux et une curiosité inexprimable s'empara de lui à la vue des nouveaux venus. C'était un vieillard et une jeune femme. Le vieillard était de haute taille, droit et bien conservé, mais très maigre et d'une pâleur maladive. À son extérieur on pouvait le prendre pour un marchand d'une province lointaine. Il portait, déboutonné, un long caftan noir doublé de fourrure, évidemment un habit de fête, en dessous duquel paraissait un autre vêtement très long, soigneusement boutonné du haut en bas. Le cou était négligemment entouré d'un foulard rouge vif. Dans sa main, il tenait un bonnet de fourrure. Une longue et fine barbe grise tombait sur sa poitrine, et, sous des sourcils épais, brillait un regard fiévreux, hautain et profond.

La femme, qui pouvait avoir une vingtaine d'années, était merveilleusement belle. Elle avait une belle pelisse courte, bleue, doublée de fourrure rare. Sa tête était couverte d'un foulard de soie blanche attaché sous le menton. Elle marchait les yeux baissés : une gravité pensive, émanant de toute sa personne, se marquait nettement, tristement, sur le contour délicieux de son visage délicat aux lignes fines, douces et juvéniles.

Il y avait dans ce couple inattendu quelque chose d'étrange.

Le vieillard s'arrêta au milieu de l'église, s'inclina de tous côtés, bien que l'église fût complètement déserte. Sa compagne fit de même. Ensuite il la prit par le bras et l'amena devant une grande image de la Vierge, sous le vocable de laquelle était l'église, qui brillait près de l'autel dans l'éclat aveuglant des feux que reflétait son cadre d'or serti de pierres précieuses.

Le sacristain, qui restait seul dans l'église, salua le vieillard avec respect. Celui-ci lui répondit d'un signe de tête. La femme tomba à genoux devant l'icône. Le vieillard prit l'extrémité du voile attaché à l'icône et lui en couvrit la tête. Un sanglot sourd éclata dans l'église.

Ordynov était frappé de la solennité de toute cette scène, et impatient d'en voir la fin. Deux minutes après, la femme releva la tête, et la lumière vive du lampadaire éclaira de nouveau son charmant visage. Ordynov tressaillit et fit un pas en avant. Déjà elle tendait sa main au vieillard et tous deux sortirent lentement de l'église. Des larmes brillaient dans les yeux de la jeune femme, des yeux bleus profonds, avec de longs cils qui se détachaient sur la blancheur de son visage et ombraient ses joues pâles. Un sourire éclairait ses lèvres, mais le visage portait la trace d'une terreur mystérieuse et enfantine. Elle se serrait timidement contre le vieillard et on voyait qu'elle tremblait toute d'émotion.

Frappé, fouetté par un sentiment inconnu, joyeux et tenace, Ordynov les suivit rapidement et, sur le parvis de l'église, leur coupa le chemin. Le vieillard le regarda d'un air hostile et sévère. Elle aussi jeta un regard sur lui, mais sans curiosité, distraitement, comme si une autre pensée lointaine l'absorbait.

Ordynov les suivit sans même s'en rendre compte. Il faisait déjà nuit. Le vieillard et la jeune femme entrèrent dans une grande rue large, sale, pleine de petites boutiques diverses, de dépôts de farine, d'auberges, et qui menait tout droit hors de la ville. Dans cette rue, ils prirent une longue ruelle étroite, fermée de chaque côté par des palissades et que terminait l'énorme mur noirci d'une grande maison de quatre étages, dont l'autre issue donnait sur une grande rue populeuse. Ils étaient déjà près de la maison quand le vieillard, soudain, se retourna et jeta un regard impatient sur Ordynov. Le jeune homme s'arrêta net, surpris lui-même de sa conduite. Le vieillard se retourna pour la seconde fois, comme pour s'assurer si la menace avait produit son effet. Ensuite ils entrèrent tous deux, lui et la jeune femme, dans la cour de la maison.

Ordynov revint sur ses pas pour rentrer chez lui. Il était de fort mauvaise humeur. Il s'en voulait d'avoir perdu ainsi toute une journée, de s'être fatigué sans raison et surtout d'avoir commis la sottise de prendre pour une sorte d'aventure un incident plus que banal.

Quelque dépit qu'il ait eu, le matin, de sa sauvagerie, toutefois son instinct le portait à fuir tout ce qui pouvait le distraire, le détourner, l'arracher de son monde intérieur, artistique. Maintenant, avec une certaine tristesse, un certain regret, il pensait à son coin tranquille ; puis il ressentit de l'angoisse ainsi que le souci d'une situation indécise, des démarches à faire, et, en même temps, il était irrité qu'une pareille misère pût l'occuper. Enfin, fatigué, incapable de lier deux idées, il arriva, très tard déjà, à son logis. Avec étonnement, il remarqua qu'il avait failli passer devant sa maison sans la reconnaître. Machinalement, en hochant la tête pour sa distraction qu'il attribuait à la fatigue, il monta l'escalier jusqu'à sa chambre, sous les toits. Il alluma une bougie. Une minute après, l'image de la femme sanglotant surgit, là, devant lui. Cette impression était si obsédante, si forte, son cœur lui retraçait avec un tel amour les traits doux et calmes de son visage empreint d'un attendrissement mystérieux et d'effroi, mouillé de larmes d'enthousiasme ou de repentir enfantins, que ses yeux se voilèrent, et il lui sembla que dans toutes ses veines coulait du feu. Mais la vision s'effaça vite. Après la surexcitation la réflexion vint, ensuite le dépit, puis une sorte de colère ; après quoi, épuisé de fatigue, sans se dévêtir, il s'enveloppa dans ses couvertures et se jeta sur son lit...

Ordynov s'éveilla assez tard dans la matinée ; il se sentait irrité, déprimé. Il s'habilla à la hâte en s'efforçant de penser à ses soucis quotidiens, et, une fois dehors, dirigea ses pas du côté opposé au chemin suivi la veille. Enfin il trouva une chambre, quelque part dans le logement d'un pauvre Allemand, nommé Spies, qui vivait là avec sa fille, Tinichen. Spies, après avoir reçu les arrhes, alla aussitôt décrocher l'écriteau suspendu à la porte cochère. Il avait loué à Ordynov surtout à cause de l'amour de celui-ci pour la science, car lui-même projetait de se mettre à l'étude très sérieusement. Ordynov prévint qu'il s'installerait le soir même. Il reprit le chemin de sa demeure, mais, réflexion faite, soudain, se dirigea du côté opposé. Le courage lui revenait ; il sourit même en pensant à sa curiosité. Dans son impatience, le chemin lui semblait extrêmement long. Enfin il arriva à l'église où il était entré la veille au soir. On chantait la messe. Il choisit un endroit d'où il pouvait voir presque tous les fidèles. Mais ceux qu'il cherchait n'étaient pas là. Après une longue attente il sortit, tout rougissant. S'entêtant à réprimer un sentiment qui l'envahissait malgré lui, il essayait de toutes ses forces de changer le cours de ses pensées. Ramené aux choses courantes de la vie, il s'avisa qu'il était temps de dîner, et, croyant en effet ressentir la faim, il entra dans le même débit où il avait mangé la veille. Il ne se souvenait pas, par la suite, comment il l'avait quitté.

Longtemps et sans idées nettes, il erra dans les rues et les ruelles populeuses ou désertes et enfin il arriva à un endroit écarté qui n'était déjà plus la ville et où s'étendait un champ jauni. Ce silence profond lui communiqua une impression qu'il n'avait pas éprouvée depuis longtemps, et il se ressaisit. C'était une de ces journées sèches et froides comme il y en a parfois à Pétersbourg, en octobre. Non loin de là il y avait une isba et, tout près, deux meules de foin. Un petit cheval, aux côtes saillantes, la tête baissée, la langue pendante, était là sans harnais, à côté d'un petit char à deux roues ; il semblait songer à quelque chose. Un chien, en grognant, rongeait un os près d'une roue brisée. Un enfant de trois ans, vêtu d'une simple chemise, tout en grattant sa tête blonde, regardait avec étonnement le citadin qui était là. Derrière l'isba commençaient les champs et les potagers. À l'horizon, la ligne noire de la forêt bordait le bleu du ciel ; du côté opposé s'amoncelaient des nuages neigeux qui semblaient chasser devant eux une bande d'oiseaux migrateurs, fuyant sans cris, sur le ciel. Tout était silencieux et d'une tristesse solennelle, comme en une sorte d'attente… Ordynov voulait aller plus loin, mais le désert commençait à l'oppresser. Il retourna dans la ville, où s'entendit tout à coup le bruit sourd des cloches appelant les fidèles au service vespéral. Il pressa le pas et se retrouva bientôt devant l'église qu'il connaissait si bien depuis la veille.

La femme inconnue était déjà là.

Elle était à genoux, à l'entrée même, parmi la foule des fidèles. Ordynov se fraya un chemin à travers les mendiants, les vieilles femmes en guenilles, les malades et les estropiés qui attendaient l'aumône à la porte de l'église, et il vint se mettre à genoux à côté de son inconnue. Leurs vêtements se touchaient. Il entendait le souffle haletant qui sortait de ses lèvres, qui chuchotaient une prière ardente. Les traits de son visage étaient, comme hier, bouleversés par un sentiment de piété infinie, et de nouveau ses larmes coulaient et séchaient sur ses joues brûlantes, comme pour les laver de quelque crime terrible. L'endroit où ils se trouvaient était tout à fait sombre. Par instants seulement, le vent qui rentrait par la vitre ouverte de la fenêtre étroite, agitait la flamme qui éclairait alors d'une lueur vacillante le visage de la jeune femme, dont chaque trait se gravant dans la mémoire d'Ordynov obscurcissait sa vue et lui martelait le cœur d'une douleur sourde, insupportable. Mais dans cette souffrance il y avait une jouissance indicible. Il n'y put tenir. Toute sa poitrine tremblait, et, en sanglotant, il inclina son front brûlant sur les dalles froides de l'église. Il n'entendait et ne sentait rien, sauf la douleur de son cœur qui se mourait dans une souffrance délicieuse.

Cette sensibilité extrême ainsi que cette pureté et cette faiblesse du sentiment étaient-elles développées par la solitude ? Cet élan du cœur se préparait-il dans le silence angoissant, étouffant, infini, des longues nuits sans sommeil, traversées par les aspirations inconscientes et les tressaillements de l'esprit impatient, ou tout simplement le moment était-il venu, était-ce la minute solennelle, fatale, inéluctable ? Il arrive que par une journée chaude, étouffante, tout à coup le ciel entier devient noir et l'orage éclate en pluie et en feu sur la terre assoiffée ; et l'orage attache des perles de pluie aux branches des arbres, fouette l'herbe des champs, écrase sur le sol les tendres fleurs, pour qu'après, aux premiers rayons du soleil, tout, revivant de nouveau, acclame le ciel et lui envoie son encens voluptueux et l'hymne de sa reconnaissance... Mais Ordynov ne pouvait maintenant se rendre compte de ce qui se passait en lui. À peine avait-il conscience d'être…

Le service prit fin sans même qu'il s'en aperçût, et il se retrouva suivant son inconnue à travers la foule qui s'amassait à la sortie. Par moments il rencontrait son regard étonné et clair. Arrêtée à chaque instant par la foule, elle se retourna vers lui plusieurs fois. Son étonnement semblait grandir de plus en plus ; puis tout d'un coup, son visage s'empourpra.

À ce moment, soudain, dans la foule, parut le vieillard de la veille. Il la prit par le bras. Ordynov rencontra de nouveau son regard mauvais et moqueur et une colère étrange, subite, le mordit au cœur. Les ayant perdus de vue dans l'obscurité, d'un effort violent, il s'élança en avant et sortit de l'église. Mais l'air frais du soir ne pouvait le rafraîchir. Sa respiration s'arrêtait, se faisant de plus en plus rare ; son cœur se mit à battre lentement et fortement, comme s'il voulait lui rompre la poitrine. Enfin il s'aperçut qu'il avait complètement perdu ses inconnus ; il ne les apercevait plus, ni dans la rue, ni dans la ruelle. Mais dans la tête d'Ordynov, venait de naître l'idée d'un plan hardi, bizarre, un de ces projets fous qui, en revanche, dans des cas pareils, aboutissent presque toujours.

Le lendemain, à huit heures du matin, il se rendit à la maison, du côté de la ruelle, et pénétra dans une petite cour étroite, sale et puante, qui était quelque chose comme la fosse à ordures de la maison.

Le portier occupé à quelque besogne dans la cour s'arrêta, le menton appuyé sur le manche de sa pelle, et regarda Ordynov de la tête aux pieds ; puis il lui demanda ce qu'il désirait.

Le portier était un jeune garçon de vingt-cinq ans, d'origine tatare, au visage vieilli, ridé, de petite taille.

– Je cherche un logement, répondit Ordynov nerveusement.

– Lequel ? demanda le portier avec un sourire. Il regardait Ordynov comme s'il connaissait toute son histoire.

– Je voudrais louer une chambre chez des locataires, dit Ordynov.

– Dans cette cour, il n'y en a pas, dit le portier, d'un air mystérieux.

– Et ici ?

– Ici non plus.

Le portier reprit sa pelle.

– Peut-être m'en cèdera-t-on une tout de même ? insista Ordynov en glissant dix kopecks au portier.

Le Tatar regarda Ordynov, empocha la pièce, reprit de nouveau sa pelle, et, après un court silence, répéta qu'il n'y avait rien à louer.

Mais déjà le jeune homme ne l'écoutait plus. Il montait sur les planches pourries, jetées à travers une large flaque d'eau, conduisant à la seule entrée qu'avait, dans cette cour, le pavillon noir, sale, comme noyé dans cette eau bourbeuse.

Au rez-de-chaussée du pavillon habitait un pauvre fabricant de cercueils. Ordynov passa devant son atelier et, par un escalier glissant, en colimaçon, il monta à l'étage supérieur. En tâtonnant dans l'obscurité il trouva une grosse porte mal équarrie, tourna le loquet et l'ouvrit. Il ne s'était pas trompé. Devant lui se tenait le vieillard qu'il connaissait et qui, fixement, avec un étonnement extrême, le regarda.

– Que veux-tu ? dit-il brièvement, presque chuchotant.

– Est-ce qu'il y a un logement ? demanda Ordynov, oubliant presque tout ce qu'il voulait dire. Derrière l'épaule du vieillard, il aperçut son inconnue.

Le vieux, sans répondre, se mit à refermer la porte en poussant avec elle Ordynov.

– Il y a une chambre, fit tout à coup la voix douce de la jeune femme.

Le vieillard lâcha la porte.

– J'ai besoin d'un coin, n'importe quoi, dit Ordynov en se précipitant dans le logement et s'adressant à la belle.

Mais il s'arrêta étonné, comme pétrifié, dès qu'il eut jeté un regard sur ses futurs logeurs. Devant ses yeux se déroulait une scène muette extraordinaire. Le vieux était pâle comme un mort, on eût dit qu'il se trouvait mal. Il regardait la femme d'un regard de plomb, immobile et pénétrant. Elle, d'abord, pâlit aussi, mais ensuite tout son sang afflua à son visage et ses yeux brillèrent étrangement. Elle conduisit Ordynov dans l'autre chambre.

Tout le logement se composait d'une pièce assez vaste, divisée par deux cloisons en trois parties. Du palier on entrait directement dans une antichambre étroite, sombre ; en face était la porte menant évidemment à la chambre des maîtres. À droite, c'était la chambre à louer. Elle était étroite et basse, avec deux petites fenêtres également très basses. Elle était tout encombrée d'objets divers, comme il y en a dans chaque logement. C'était pauvre, exigu, mais aussi propre que possible. Le mobilier consistait en une simple table de bois blanc, deux chaises très ordinaires et deux bancs étroits, placés de chaque côté de la pièce, le long du mur. Une grande icône ancienne, à couronne dorée, était appendue dans l'angle et, devant elle brûlait une veilleuse. Un énorme et grossier poêle russe donnait, par moitié, dans cette chambre et dans l'antichambre.

Évidemment trois personnes ne pouvaient vivre dans un pareil logement.

Ils commencèrent à marchander, mais sans suite dans les idées, et se comprenant à peine les uns les autres.

À deux pas de la femme, Ordynov entendait battre son cœur. Il voyait qu'elle tremblait toute d'émotion et même de peur. Enfin, on tomba d'accord. Le jeune homme déclara qu'il s'installerait tout de suite et regarda le patron. Le vieillard était debout devant la porte, toujours pâle, mais un sourire doux, même pensif, errait sur ses lèvres. Ayant rencontré le regard d'Ordynov, il fronça de nouveau les sourcils.

– As-tu un passeport ? demanda-t-il tout d'un coup d'une voix haute et brève, en ouvrant à Ordynov la porte de l'antichambre.

– Oui, répondit celui-ci un peu étonné.

– Qui es-tu ?

– Vassili Ordynov, gentilhomme. Je ne sers nulle part. Je m'occupe de mes affaires, dit-il sur le même ton que le vieux.

– Moi aussi, fit le vieillard. Mon nom est Ilia Mourine, bourgeois. Cela te suffit ? Va…

Une heure plus tard, Ordynov était dans son nouveau logement, non moins étonné du changement que l'Allemand, qui déjà commençait à craindre, avec sa Tinichen, que le nouveau locataire ne leur jouât un tour.

Ordynov, lui, ne comprenait pas comment tout cela était arrivé, et ne voulait pas le comprendre…

II

Le cœur lui battait tellement que sa vue se brouillait et la tête lui tournait. Machinalement il se mit à ranger ses maigres effets dans son nouveau logement. Il ouvrit un paquet contenant différentes choses, puis une caisse de livres qu'il rangea sur la table, mais bientôt ce travail même lui pesa. À chaque instant brillait à ses yeux l'image de la femme dont la rencontre avait ému et secoué tout son être, et tant de foi, tant d'enthousiasme irrésistible entraient dans sa propre vie que ses pensées s'obscurcissaient et que son esprit sombrait dans l'angoisse et le tumulte.

Il prit son passeport et le porta au patron, dans l'espoir d'apercevoir la jeune femme. Mais Mourine entr'ouvrit à peine la porte, prit le papier, lui dit : « Bon, vis en paix », et referma la porte. Un sentiment désagréable s'empara d'Ordynov. Il ne savait pourquoi, mais la vue de ce vieillard l'oppressait. Dans son regard, il y avait quelque chose de méprisant et de méchant. Toutefois le sentiment désagréable se dissipa bientôt. Depuis déjà trois jours Ordynov vivait dans une sorte de tourbillon en comparaison du calme ancien de sa vie, mais il ne pouvait raisonner et redoutait même de le faire. Tout se confondait dans son existence. Il sentait confusément que toute sa vie se brisait en deux. Une seule aspiration, une attente unique, s'étaient emparées de tout son être, et aucune autre pensée n'avait prise sur lui.

Étonné, il retourna dans sa chambre. Là, près du poêle, où se préparait la nourriture, une vieille femme, petite, ratatinée, travaillait. Elle était si sale, vêtue de guenilles si sordides que c'était pitié de la regarder. Elle avait l'air méchant et, de temps en temps, marmonnait quelque chose entre ses dents. C'était la femme de ménage des logeurs. Ordynov essaya de lier conversation avec elle, mais évidemment par malice, elle se renferma dans le silence. Enfin l'heure du dîner étant venue, la vieille retira du poêle la soupe aux choux, des bouchées à la viande et porta cela aux maîtres. Elle servit la même chose à Ordynov. Après le repas un silence de mort régna dans le logement.

Ordynov prit un livre, longtemps en tourna les pages, tâchant de comprendre ce qu'il avait lu déjà plusieurs fois. Énervé, il jeta le livre et, de nouveau, essaya de mettre en place différents objets. Enfin il se coiffa, mit un manteau et sortit.

Dehors il flâna au hasard, sans voir le chemin qu'il suivait, s'efforçant tout le temps de concentrer autant que possible ses idées éparses et d'examiner un peu sa situation. Mais cet effort ne faisait que lui causer de la souffrance. Tour à tour, il avait froid et chaud, et, par moments, son cœur se mettait à battre si fort qu'il devait s'appuyer contre un mur. « Non, la mort est préférable, mieux vaut la mort », chuchota-t-il, la lèvre fiévreuse, tremblante, sans même penser à ce qu'il disait.

Il marcha très longtemps. Enfin s'apercevant qu'il était trempé jusqu'aux os et remarquant pour la première fois qu'il pleuvait à verse, il retourna à la maison.

Non loin de chez lui, il aperçut le portier. Il lui sembla que le Tatar le regardait fixement et avec une certaine curiosité, mais quand il se vit observé, il continua son chemin.

– Bonjour ! dit Ordynov en le rejoignant. Comment t'appelle-t-on ?

– Je suis portier, on m'appelle portier, répondit-il en découvrant ses dents.

– Tu es dans cette maison depuis longtemps ?

– Oui, depuis longtemps.

– Mon logeur est un bourgeois ?

– Bourgeois, s'il le dit.

– Qu'est-ce qu'il fait ?

– Il est malade, il vit, prie Dieu, voilà…

– C'est sa femme ?

– Quelle femme ?

– Celle qui vit avec lui.

– Sa femme, s'il le dit. Adieu, Monsieur.

Le Tatar toucha son bonnet et rentra chez lui.

Ordynov regagna son logis. La vieille, en marmonnant quelque chose, lui ouvrit la porte qu'elle referma au verrou et s'installa sur le poêle où elle terminait sa vie. La nuit tombait. Ordynov alla chercher de la lumière et remarqua que la porte de la chambre des maîtres était fermée à clé. Il appela la vieille qui, la tête appuyée sur son coude, le regardait fixement de dessus le poêle et semblait se demander ce qu'il pouvait bien faire près de la serrure de la chambre des maîtres. Sans lui rien dire elle lui jeta un paquet d'allumettes.

Il retourna dans sa chambre et, pour la centième fois peut-être, se mit à ranger ses effets et ses livres. Mais peu à peu, sans comprendre ce qui lui arrivait, il s'assit sur le banc, et il lui sembla qu'il s'endormait. Par moments, il revenait à lui et se rendait compte que son sommeil n'était pas le sommeil mais une sorte de perte de conscience maladive et doulou-reuse. Il entendit la porte s'ouvrir puis se fermer. Il devina que c'étaient les maîtres qui rentraient des vêpres. Il lui vint en tête qu'il devait aller chez eux chercher quelque chose. Il se leva pour s'y rendre, mais il trébucha et tomba sur un tas de bois jeté par la vieille au milieu de la chambre. Alors il perdit tout à fait connaissance. Quand il rouvrit les yeux, au bout d'un long moment, il remarqua avec étonnement qu'il était couché sur le même banc, tout habillé, et qu'avec une tendresse attentive se penchait vers lui un visage de femme merveilleusement beau, tout mouillé de larmes douces et maternelles. Il sentit qu'on lui mettait un oreiller sous la tête, qu'on l'enveloppait dans quelque chose de chaud et qu'une main douce caressait son front brûlant. Il voulait dire merci ; il voulait prendre cette main, l'approcher de ses lèvres sèches, la mouiller de larmes et la baiser éternellement.... Il voulait dire beaucoup de choses, mais quoi, il ne le savait lui-même. Il voulait mourir en ce moment. Mais ses mains étaient comme du plomb et restaient inertes. Il lui paraissait qu'il était devenu muet ; il sentait seulement son sang battre dans toutes ses artères si fortement, comme pour le soulever de sa couche. Quelqu'un lui donna de l'eau... Puis il perdit connaissance.

Il s'éveilla le matin, à huit heures. Le soleil jetait ses rayons dorés à travers les vitres verdâtres, sales, de sa chambre. Une sensation douce enveloppait tous ses membres de malade. Il était calme, tranquille et infiniment heureux. Il lui semblait que quelqu'un était tout à l'heure à son chevet. Il s'éveilla en cherchant attentivement autour de lui cet être invisible. Il eût tant désiré pouvoir embrasser un ami et dire, pour la première fois : « Bonjour, bonjour, mon ami. »

– Comme tu as dormi longtemps ! prononça une douce voix de femme.

Ordynov se retourna. Le visage de sa belle logeuse, avec un sourire séduisant et clair comme le soleil, se penchait vers lui.

– Tu as été malade longtemps, dit-elle. C'est assez, lève-toi. Pourquoi te tourmentes-tu ainsi ? La liberté est plus douce que le pain, plus belle que le soleil. Lève-toi, mon ami, lève-toi...

Ordynov saisit sa main et la serra fortement. Il lui semblait encore rêver.

– Attends, je t'ai préparé du thé. Veux-tu du thé ? Prends, cela te fera du bien. J'ai été malade, moi aussi, et je sais.

– Oui, oui, donne-moi à boire, dit Ordynov d'une voix éteinte.

Il se leva. Il était encore très faible. Un frisson lui parcourut le dos ; tous ses membres étaient endoloris et comme brisés. Mais dans son cœur il faisait clair et les rayons du soleil paraissaient l'animer d'une sorte de joie solennelle. Il sentait qu'une nouvelle vie forte, invisible, commençait pour lui. La tête lui tournait légèrement.

– On t'appelle Vassili ? demanda-t-elle. J'ai peut-être mal entendu, mais il me semble que le patron t'a nommé ainsi, hier.

– Oui, Vassili. Et toi, comment t'appelles-tu ? dit Ordynov en s'approchant d'elle et se tenant à peine sur ses jambes.

Il trébucha, elle le retint par le bras et rit :

– Moi ? Catherine, dit-elle en fixant dans les siens ses grands yeux bleus et clairs.

Ils se tenaient par la main.

– Tu veux me dire quelque chose ? fit-elle enfin.

– Je ne sais pas, répondit Ordynov.

Sa vue s'obscurcissait.

– Tu vois comme tu es… Assez, mon pigeon, assez. Ne te tourmente pas. Assieds-toi ici, devant la table, en face du soleil. Reste ici bien tranquille et ne me suis pas, ajouta-t-elle, croyant que le jeune homme allait faire un mouvement pour la retenir. Je vais revenir tout de suite ; tu auras tout le temps de me voir.

Une minute après, elle apporta du thé, le plaça sur la table et s'assit en face d'Ordynov.

– Tiens, bois, dit-elle. Eh bien ! Est-ce que la tête te fait mal ?

– Non, plus maintenant, dit-il. Je ne sais pas, peut-être me fait-elle mal. Je ne veux pas... Assez ! Assez ! Je ne sais pas ce que j'ai, dit-il, tout bouleversé, ayant enfin saisi la main de Catherine. Reste ici, ne t'en va pas. Donne-moi encore ta main... Mes yeux se voilent. Je te regarde comme le soleil, dit-il haletant d'enthousiasme, comme s'il arrachait ses paroles de son cœur, alors que des sanglots emplissaient sa gorge.

– Mon ami ! Tu n'as donc jamais vécu avec une brave créature ? Tu es seul, seul ; tu n'as pas de parents ?

– Non, personne. Je suis seul, je n'ai personne. Ah ! maintenant ça va mieux... Je me sens bien, maintenant, dit Ordynov en délire. Il voyait la chambre tourner autour de lui.

– Moi aussi, pendant plusieurs années je n'ai eu personne... Comme tu me regardes..., prononça-t-elle après un moment de silence.

– Eh bien !... quoi ?...

– Tu me regardes comme si ma vue te réchauffait ! Sais-tu, tu me regardes comme quand on aime... Moi, au premier mot, j'ai senti mon cœur battre pour toi. Si tu tombes malade, je te soignerai. Seulement ne tombe pas malade. Non, quand tu seras guéri nous vivrons comme frère et sœur.

Veux-tu ? C'est difficile d'avoir une sœur quand Dieu n'en a pas donnée…

– Qui es-tu ? D'où viens-tu ? demanda Ordynov d'une voix faible.

– Je ne suis pas d'ici… Ami, que t'importe ? Sais-tu… On raconte que douze frères vivaient dans une forêt sombre. Une jeune fille vint à s'égarer dans la forêt. Elle arriva chez eux, mit tout en ordre dans leur demeure et étendit son amour sur tous. Les frères vinrent et apprirent qu'une sœur avait passé chez eux la journée. Ils l'appelèrent. Elle vint vers eux. Tous l'appelaient sœur, et elle était la même avec tous. Tu connais ce conte ?

– Oui, je le connais, fit à voix basse Ordynov.

– C'est bon de vivre. Es-tu content de vivre ?

– Oui, oui, vivre longtemps, longtemps, répondit Ordynov.

– Je ne sais pas, fit Catherine pensive. Je voudrais aussi la mort. C'est bien de vivre, mais… Oh ! te voilà de nouveau tout pâle…

– Oui, la tête me tourne…

– Attends, je t'apporterai mon matelas ; il est meilleur que celui-ci, et un autre oreiller, et je préparerai ton lit. Tu t'endormiras, tu me verras dans ton sommeil, ton mal passera… Notre vieille est malade, elle aussi…

Elle parlait tout en préparant le lit, et jetait, de temps en temps, par-dessus son épaule, un regard sur Ordynov.

– Tu en as des livres ! dit-elle en repoussant le coffre.

Elle s'approcha d'Ordynov, le prit par la main droite, l'amena vers le lit, le coucha et le borda.

– On dit que les livres gâtent l'homme, dit-elle en hochant pensivement la tête. Tu aimes à lire les livres ?

– Oui, répondit Ordynov ne sachant s'il dormait ou non et serrant fortement la main de Catherine, pour se rendre compte qu'il ne dormait pas.

– Mon maître a beaucoup de livres aussi. Sais-tu, il dit que ce sont des livres divins. Il me lit toujours un livre. Je te le montrerai plus tard. Après tu me raconteras tout ce qu'il y a dedans…

– Je raconterai, fit Ordynov en la regardant fixement.

– Aimes-tu prier ? demanda-t-elle après un court silence. Sais-tu ?… J'ai peur, j'ai peur de tout, toujours…

Elle n'acheva pas et parut réfléchir à quelque chose.

Ordynov porta sa main à ses lèvres.

– Pourquoi baises-tu ma main ? Ses joues s'étaient légèrement empourprées. Va, baise-les, continua-t-elle en riant et lui tendant ses deux mains. Ensuite elle en délivra une et la posa sur le front brûlant d'Ordynov, puis elle se mit à lui caresser les cheveux. Elle rougissait de plus en plus. Enfin elle s'assit à terre, près du lit, et appuya sa joue contre celle du jeune homme. Son souffle chaud frôlait son visage…

Tout d'un coup Ordynov sentit des larmes brûlantes tomber comme du plomb sur sa joue. Elle pleurait. Il devenait de plus en plus faible. Il ne pouvait déjà plus soulever ses mains. À ce moment, un coup éclata dans la porte ; le loquet grinça ; Ordynov put encore distinguer la voix du patron qui venait de rentrer dans la pièce voisine. Ensuite il entendit comment Catherine se levait et, sans se hâter, ni écouter, prenait son livre ; puis il vit comment, en partant, elle le signait. Il ferma les yeux. Tout à coup, un chaud et long baiser lui brûla les lèvres et il ressentit comme un coup de couteau dans le cœur. Il poussa un faible cri et s'évanouit.

Une vie bizarre, étrange, alors commença pour lui.

Par moments, en son esprit surgissait la conscience vague qu'il était condamné à vivre dans un long rêve infini, plein de troubles étranges, de luttes et de souffrances stériles. Effrayé, il tâchait de se révolter contre la fatalité qui l'oppressait. Mais, au moment de la lutte la plus aiguë, la plus désespérée, une force inconnue le frappait de nouveau. Alors, il sentait nettement comment, de nouveau, il perdait la mémoire, comment, de nouveau, l'obscurité terrible, sans issue, se déroulait devant lui, et il s'y jetait avec un cri d'angoisse et de désespoir. Parfois c'étaient des moments d'un bonheur trop intense, écrasant, quand la vitalité augmente démesurément en tout l'être humain, quand le passé devient plus clair, retentit du triomphe de la joie, quand on rêve d'un avenir inconnu, quand un espoir merveilleux descend sur l'âme comme une rosée vivifiante, quand on a le désir de crier d'enthousiasme, quand on sent que la chair est impuissante devant la multitude des impressions, que le fil de l'existence se rompt et qu'en même temps on acclame avec frénésie sa vie ressuscitée.

Parfois il retombait dans sa torpeur et alors tout ce qui lui était arrivé, les derniers jours, repassait dans son esprit comme un tourbillon. Mais la vision se présentait à lui sous un aspect étrange et mystérieux.

Parfois, malade, il oubliait ce qui lui était arrivé, et s'étonnait de ne plus être dans son ancien logis, chez son ancienne propriétaire. Il était surpris que la vieille ne s'approchât pas comme elle le faisait toujours, à l'heure tardive, vers le poêle à demi éteint qui éclairait d'une lueur faible, vacillante, tout le coin sombre de la chambre, et qu'elle ne réchauffât pas, comme d'habitude, ses mains osseuses, tremblantes, au foyer mourant, tout en bavardant et marmottant quelque chose, avec un regard seulement de temps à autre, un regard étonné sur son étrange locataire qu'elle jugeait un peu fou à cause de ses longues lectures.

À d'autres moments, il se rappelait qu'il avait changé de logis, mais comment cela s'était-il fait ? Il ne le savait pas, bien que pour le comprendre il tendît obstinément, violemment, toutes les forces de son esprit... Mais, où, quoi, qu'appelait-il, qu'était-ce qui le tourmentait et jetait en lui cette flamme insupportable qui l'étouffait et brûlait son sang ? Cela, il lui était impossible de le savoir. De nouveau il ne se rappelait rien. Souvent il saisissait avidement une ombre quelconque ; souvent il entendait le bruit de pas légers près de son lit et le murmure, comme une musique, de paroles douces, caressantes et tendres. Un souffle haletant, humide, glissait sur son visage et tout son être était secoué par l'amour. Des larmes brûlantes coulaient sur ses joues en feu, et soudain un baiser long et tendre s'enfonçait sur ses lèvres. Alors toute sa vie s'éteignait dans une souffrance infinie. Il semblait que toute l'existence, tout l'univers, s'arrêtaient, mouraient autour de lui pour des siècles entiers et qu'une longue nuit de mille ans s'étendait sur lui...

Parfois il revivait les douces années de sa première enfance, avec leurs joies pures, leur bonheur infini ; avec les premiers étonnements joyeux de la vie ; avec la foule des esprits clairs qui sortaient de chaque fleur qu'il arrachait, jouaient avec lui sur la verte et grasse prairie, devant la petite maison entourée d'acacias, qui lui souriait, du lac de cristal près duquel il restait assis des heures entières écoutant le murmure des vagues, ainsi que le bruissement d'ailes de ces esprits qui répandaient de claires rêveries couleurs d'arc-en-ciel sur son petit berceau, tandis que sa mère, penchée sur ce même berceau, l'embrassait et l'endormait en chantant une douce berceuse durant les nuits qui étaient longues et sereines. Mais, tout à coup, un être paraissait de nouveau, qui le troublait d'un effroi non plus enfantin, et versait dans sa vie le premier poison lent de la douleur et des larmes. Il sentait vaguement que le vieillard inconnu tenait en son pouvoir toutes ses années futures, et il tremblait et ne pouvait détacher de lui ses regards. Le méchant vieillard le suivait partout. Il paraissait et le menaçait de la tête au-dessus de chaque buisson du bosquet ; il riait et le taquinait, s'incarnait en chacune de ses poupées d'enfant, grimaçant et riant entre ses mains comme un méchant gnome malfaisant. Il jaillissait en grimaçant de chaque mot de sa grammaire. Pendant son sommeil, le méchant vieillard s'asseyait à son chevet... Il chassait la foule des esprits clairs qui promenaient leurs ailes d'or et de saphir autour de son berceau. Il repoussait de lui, pour toujours, sa pauvre mère, et, pendant une nuit entière, il lui chuchota un long conte merveilleux, incompréhensible pour un cœur d'enfant, mais qui le troublait d'une horreur et d'une passion qui n'avaient rien d'enfantin. Et le méchant vieillard n'écoutait ni ses sanglots, ni ses prières et continuait à lui parler jusqu'à ce qu'il en perdît connaissance.

Et l'enfant s'éveillait homme. Des années entières s'étaient écoulées sans qu'il l'entendît. Tout d'un coup, il reconnaît sa vraie situation, il comprend qu'il est seul et étranger à tout l'univers. Il est seul parmi des gens mystérieux, inquiétants, parmi des ennemis qui s'assemblent et chuchotent dans les coins de sa chambre obscure, et font des signes de tête à la vieille qui est assise auprès du feu, réchauffant ses mains débiles, et qui le leur indique. Il était bouleversé, il voulait savoir ce qu'étaient ces hommes, pourquoi ils étaient ici, pourquoi lui-même était dans sa chambre. Il devine qu'il est tombé dans un repaire de brigands où il a été entraîné par quelque force puissante, inconnue, sans avoir examiné auparavant qui sont ces locataires et qui sont ces maîtres. La crainte déjà le saisit et, tout d'un coup, au milieu de la nuit, dans l'obscurité, de nouveau il entend le long récit à voix basse. C'est une vieille femme qui parle, doucement, en hochant tristement sa tête blanche, devant le feu qui s'éteint. Et de nouveau l'horreur l'empoigne. Le conte s'anime devant lui, des visages et des formes se précisent. Il voit que tout, à commencer par les songeries vagues de l'enfance, toutes ses pensées, tous ses rêves, tout ce qu'il a connu de la vie, tout ce qu'il a lu dans les livres, tout ce qu'il a oublié depuis longtemps déjà, il voit que tout s'anime, prend corps, se dresse devant lui sous forme d'images colossales, marche et danse en rond autour de lui. Des jardins merveilleux naissent à ses yeux, des villes entières tombent en ruines, des cimetières lui renvoient leurs morts qui se mettent à vivre de nouveau. Des races, des peuples entiers apparaissent, grandissent et meurent devant lui. Enfin maintenant, autour de son lit de malade, chaque pensée, chaque rêve s'incarnent comme au moment de la naissance et il rêve non avec des idées sans chair, mais avec des mondes entiers ; lui-même tourbillonne comme un grain de poussière dans cet univers infini, étrange, sans issue ; et toute cette vie, par son indépendance révoltée, le presse et le poursuit de son ironie éternelle, implacable.

Il se sentait mourir, tomber en poussière, sans aucune résurrection possible et pour toujours. Il voulait fuir, mais dans tout l'univers il n'y avait pas un coin pour le cacher. Enfin, dans un accès de désespoir, il tendit toutes ses forces, cria et s'éveilla…

Il était couvert d'une sueur glacée. Autour de lui régnait un silence de mort dans une nuit profonde. Cependant il lui semble que quelque part continue son conte merveilleux, qu'une voix rauque entame en effet une longue conversation sur le sujet qu'il connaît. Il entend qu'on parle de forêts sombres, de bandits extraordinaires, d'un jeune gaillard courageux, vaillant, presque Stenka Razine lui-même, d'ivrognes gais, de haleurs, d'une belle jeune fille, de la Volga. Est-ce un rêve ? Entend-il cela réellement ?

Il demeura toute une heure couché, les yeux ouverts, sans remuer un membre, dans un engourdissement d'épouvante. Enfin il se leva prudemment, constata avec joie que le terrible mal n'avait pas encore épuisé toutes ses forces. Le délire s'évanouissait ; la réalité commençait.

Il remarqua qu'il était habillé comme pendant sa conversation avec Catherine et que, par conséquent, il ne s'était pas écoulé beaucoup de temps depuis qu'elle l'avait quitté. Le feu de la décision coulait dans ses veines. Par hasard, il toucha avec sa main un grand clou, enfoncé dans la cloison le long de laquelle on avait installé son lit. Il le saisit, s'y suspendit de tout son corps et arriva ainsi à une fente par où un mince rai de lumière filtrait dans sa chambre. Il appliqua l'œil contre cette fente, et, retenant son souffle, regarda.

Dans un coin de la petite chambre des maîtres, il y avait un lit devant lequel était placée une table couverte d'un tapis. De nombreux livres d'un grand format ancien, reliés, rappelant les livres liturgiques, étaient posés sur la table. Dans un angle était appendue une icône, aussi ancienne que celle de sa chambre, devant laquelle brûlait une veilleuse. Le vieux Mourine, malade, était couché sur le lit. Il paraissait torturé par la souffrance. Il était pâle comme un mort. Il était enveloppé d'une couverture de fourrure. Un livre était ouvert sur ses genoux. Sur un banc, près du lit, était allongée Catherine. Un de ses bras enlaçait la poitrine du vieillard, et sa tête était appuyée sur son épaule. Elle fixait sur lui des yeux attentifs, enfantins, étonnés et semblait écouter avec une avidité extraordinaire ce que lui racontait Mourine. Par moments, la voix du narrateur se haussait ; son visage pâle s'animait ; il fronçait les sourcils, ses yeux brillaient, et Catherine paraissait pâlir de peur et d'émotion. Alors quelque chose ressemblant à un sourire se montrait sur le visage du vieillard et Catherine aussi commençait à sourire doucement. Parfois des larmes paraissaient dans ses yeux. Alors le vieillard lui caressait doucement la tête comme à un enfant, et elle l'étreignait encore plus fortement de son bras nu, brillant comme la neige, et, plus amoureusement encore, se penchait sur sa poitrine.

Ordynov se demandait si ce n'était pas son rêve qui continuait ; même il en était sûr ; mais son sang affluait dans sa tête et les artères de ses tempes battaient si fortement qu'il avait mal.

Il lâcha le clou, descendit du lit, et, en chancelant, s'avança comme un somnambule, ne comprenant pas l'excitation qui flambait comme un incendie dans son sang. Il arriva ainsi jusqu'à la porte de son logeur et la poussa violemment. Le loquet rouillé tomba et, dans le fracas et le bruit, il se trouva au milieu de la chambre.

Il vit comment Catherine, tout d'un coup, tressaillit, comment les yeux du vieillard brillèrent méchamment sous les sourcils froncés, et comment, soudain, la rage déforma son visage. Puis le vieillard, sans le quitter des yeux, chercha d'une main tremblante le fusil accroché au mur. Ordynov vit ensuite briller le canon du fusil dirigé par une main peu sûre, tremblante de fureur, contre sa poitrine... Le coup éclata. Un cri sauvage, qui n'avait presque rien d'humain, y répondit, et, quand se fut dissipée la fumée, un spectacle horrible frappa Ordynov.

Tremblant de tout son corps il se pencha sur le vieillard. Mourine était étendu sur le sol, le visage crispé, de l'écume sur ses lèvres grimaçantes. Ordynov comprit que le malheureux avait une crise d'épilepsie. Avec Catherine il se porta à son secours...

III

Ordynov passa une mauvaise nuit. Le matin il sortit de bonne heure, malgré sa faiblesse et la fièvre qui ne l'avait pas quitté. Dans la cour il rencontra encore le portier. Cette fois le Tatar, du plus loin qu'il l'aperçut, ôta son bonnet et le regarda avec curiosité. Ensuite, il prit résolument son balai en jetant les yeux, de temps en temps, sur Ordynov qui s'approchait lentement.

– Eh bien ? Tu n'as rien entendu, cette nuit ? demanda celui-ci.

– Oui, j'ai entendu.

– Qu'est-ce que c'est que cet homme ? Qui est-il ?

– C'est toi qui as loué, c'est à toi de savoir ; moi je suis un étranger.

– Mais parleras-tu un jour ! s'écria Ordynov hors de lui, en proie à une irritation maladive.

– Mais qu'est-ce que j'ai fait ? C'est ta faute. Tu les as effrayés. En bas le fabricant de cercueils est sourd ; eh bien, il a tout entendu. Et sa femme, qui est également sourde, a tout entendu aussi. Même, dans l'autre cour, c'est loin pourtant, on a entendu aussi. Voilà, j'irai chez le commissaire…

– J'irai moi-même, dit Ordynov, et il se dirigea vers la porte cochère.

– Comme tu voudras. Mais c'est toi qui as loué… Monsieur, Monsieur, attends !…

Ordynov regarda le portier, qui, par déférence, toucha son bonnet.

– Eh bien ?

– Si tu y vas, je préviendrai le propriétaire…

– Et puis, quoi ?

– Il vaut mieux que tu partes d'ici.

– Tu n'es qu'un sot.

Ordynov voulut s'en aller.

– Monsieur ! Monsieur ! Attends… Et le portier porta de nouveau la main à son bonnet et laissa voir ses dents.

– Monsieur ! Pourquoi as-tu chassé un pauvre homme ? Chasser un pauvre homme, c'est un péché. Dieu ne le permet pas.

– Écoute… Prends cela… Qui est-il ?

– Qui il est ?

– Oui.

– Je le dirai, même sans argent.

Le portier prit son balai, en donna deux coups, ensuite s'arrêta et regarda Ordynov attentivement et avec importance.

– Tu es bon, Monsieur, mais si tu ne veux pas vivre avec un brave homme, à ta guise. Voilà ce que je te dirai…

Et le Tatar regarda Ordynov d'une façon encore plus expressive, puis se mit à balayer, comme s'il était fâché. Enfin, prenant l'air d'avoir terminé quelque affaire importante, il s'approcha mystérieusement d'Ordynov, et, avec une mimique expressive, prononça :

– Lui, voilà ce qu'il est…

– Quoi ? Qu'est-ce que cela veut dire ?

– Il n'a pas d'esprit.

– Quoi ?

– Oui ; l'esprit est parti, répéta-t-il encore d'un ton plus mystérieux. Il est malade. Il possédait un grand bateau, puis un second, puis un troisième ; il parcourait la Volga. Moi-même j'en suis, de la Volga. Il avait aussi une usine ; mais tout a brûlé. Et il n'a plus sa tête…

– Il est fou ?

– Non, non, fit lentement le Tatar, pas fou. C'est un homme spirituel. Il sait tout, il a lu beaucoup de livres et prédit aux autres toute la vérité… Ainsi l'un vient et donne deux roubles ; un autre, trois roubles, quarante roubles. Il regarde le livre et voit toute la vérité. Mais l'argent sur la table ; sans argent, rien…

Ici le Tatar, qui entrait trop dans les intérêts de Mourine, eut un rire joyeux.

– Alors quoi ! Il est sorcier ?

– Hum ! fit le portier en hochant la tête. Il dit la vérité. Il prie Dieu. Il prie beaucoup… Et quelquefois cela le prend.

Le Tatar répéta de nouveau son geste expressif.

À ce moment, quelqu'un dans l'autre cour appela le portier, et un petit vieillard, en paletot de peau de mouton, se montra. Il marchait d'un pas indécis en toussotant et regardait le sol en marmonnant quelque chose. Il semblait être en enfance.

– Le propriétaire, le propriétaire ! chuchota hâtivement le portier en faisant un signe rapide de la tête à Ordynov ; et, ayant ôté son bonnet, il s'élança en courant au devant du vieillard.

Il sembla à Ordynov qu'il avait déjà vu quelque part, récemment, ce visage ; mais, se disant qu'il n'y avait à cela rien d'extraordinaire, il sortit de la cour. Le portier lui faisait l'effet d'un coquin et d'une crapule de la pire espèce.

« Le vaurien, il avait l'air de marchander avec moi », pensa-t-il. « Dieu sait ce qui se passe ici ! »

Il était déjà dans la rue quand il prononça ces mots. Peu à peu, d'autres idées l'accaparèrent. L'impression était pénible. La journée était grise et froide ; la neige tombait. Le jeune homme se sentait de nouveau brisé par la fièvre. Il sentait aussi que le sol se dérobait sous ses pas. Soudain une voix connue, un ténor doucereux, chevrotant, désagréable, lui souhaita le bonjour.

– Iaroslav Ilitch ! fit Ordynov.

Devant lui se trouvait un homme d'une trentaine d'années, vigoureux, aux joues rouges, pas très grand, avec des petits yeux humides, gris, souriants, et habillé… comme Iaroslav Ilitch était toujours habillé ; et cet homme, de la façon la plus aimable, lui tendait la main.

Ordynov avait fait la connaissance de Iaroslav Ilitch juste un an auparavant, et d'une façon tout à fait accidentelle, presque dans la rue. Cette connaissance facile avait été favorisée, en dehors du hasard, par l'extraordinaire penchant qui poussait Iaroslav Ilitch à chercher partout des êtres bons et nobles, essentiellement cultivés, et dignes, au moins par leurs talents et leurs bonnes manières, d'appartenir à la haute société. Bien que Iaroslav Ilitch fût doué, comme voix, d'un ténor très doucereux, même dans la conversation avec ses amis les plus intimes, dans sa voix éclatait quelque chose d'extraordinairement clair, puissant et impérieux, qui ne souffrait aucune contradiction et n'était peut-être que le résultat de l'habitude.

– Comment ? s'écria Iaroslav Ilitch, avec l'expression de la joie la plus sincère et la plus enthousiaste.

– Je demeure ici.

– Depuis longtemps ? continua Iaroslav Ilitch, en haussant le ton de plus en plus. Et je ne le savais pas ! Mais nous sommes voisins ! Je sers ici, dans cet arrondissement. Il y a déjà un mois que je suis de retour de la province de Riazan. Ah ! je vous tiens, mon vieil, mon noble ami !

Et Iaroslav Ilitch éclata d'un rire bonasse.

– Sergueïev ! cria-t-il avec emphase. Attends-moi chez Tarassov et qu'on ne touche pas sans moi aux sacs de blé… Et stimule un peu le portier d'Olsoufiev. Dis-lui qu'il vienne tout de suite au bureau ; j'y serai dans une heure…

Ayant donné hâtivement cet ordre à quelqu'un, le délicat Iaroslav Ilitch prit Ordynov sous le bras et l'emmena au restaurant le plus proche.

– Je ne serai pas satisfait tant que nous n'aurons pas échangé quelques mots en tête à tête, après une si longue séparation… Eh bien ! Que faites-vous maintenant ? ajouta-t-il presque avec respect en baissant mystérieusement la voix. Toujours dans les sciences ?

– Oui, comme toujours, répondit Ordynov, à qui venait une très bonne idée.

– C'est bien, Vassili Mihaïlovitch, c'est noble ! Iaroslav Ilitch serra fortement la main d'Ordynov. Vous serez l'ornement de notre société… Que Dieu mette le bonheur sur votre chemin ! Mon Dieu ! comme je suis heureux de vous avoir rencontré ! Que de fois j'ai pensé à vous ! Que de fois je me suis dit : Où est-il notre bon, noble et spirituel Vassili Mihaïlovitch !

Ils prirent un cabinet particulier. Iaroslav Ilitch commanda des hors-d'œuvre, donna l'ordre d'apporter de l'eau-de-vie et, tout ému, regarda Ordynov.

– J'ai beaucoup lu depuis vous, commença-t-il d'une voix timide, un peu obséquieuse ; j'ai lu tout Pouchkine… »

Ordynov le regardait distraitement.

– Quelle extraordinaire description de la passion humaine ! Mais, avant tout, permettez-moi de vous exprimer ma reconnaissance. Vous avez tant fait pour moi par la noblesse de l'inspiration, des belles idées…

– Pardon…

– Non, permettez, j'aime à rendre justice ; et je suis fier qu'au moins ce sentiment ne soit pas éteint en moi.

– Pardon. Vous n'êtes pas juste envers vous-même, et moi, vraiment…

– Non, je suis tout à fait juste ! objecta avec une chaleur extraordinaire Iaroslav Ilitch. Que suis-je près de vous ? Voyons !

– Mon Dieu…

– Oui.

Un silence suivit.

– Profitant de vos conseils, j'ai rompu avec plusieurs personnes vulgaires, et j'ai adouci un peu la grossièreté des habitudes… reprit Iaroslav Ilitch, d'un ton assez timide et flatteur. Les moments de liberté que me laisse mon service, je les passe la plupart à la maison. Le soir je lis quelque bon livre et… je n'ai qu'un désir, Vassili Mihaïlovitch, me rendre un peu utile à la Patrie…

– Je vous ai toujours tenu pour un homme très noble, Iaroslav Ilitch…

– Vous versez toujours le baume… noble jeune homme.

Iaroslav Ilitch serra fortement la main d'Ordynov.

– Vous ne buvez pas, remarqua-t-il, son émotion un peu calmée.

– Je ne puis pas. Je suis malade.

– Malade ? C'est sérieux ! Depuis longtemps ? Comment êtes-vous tombé malade ? Voulez-vous que je vous dise… Quel médecin vous soigne ? Voulez-vous que je prévienne notre médecin ? J'irai chez lui moi-même. C'est un homme très habile…

Iaroslav Ilitch prenait déjà son chapeau.

– Non, je vous remercie. Je ne me soigne pas… Je n'aime pas les médecins…

– Que dites-vous ? Est-ce possible ? Mais c'est l'homme le plus habile, reprit Iaroslav Ilitch suppliant. L'autre jour… Mais permettez-moi de vous raconter cela, mon cher Vassili Mihaïlovitch… l'autre jour est venu un pauvre serrurier. « Voilà, dit-il, je me suis piqué le doigt avec un de mes outils ; guérissez-moi. » Siméon Paphnoutitch voyant que le malheureux est menacé de la gangrène décide de couper le membre malade. Il l'a fait en ma présence. Et il a fait cela d'une façon si noble… c'est-à-dire si remarquable, que, je vous l'assure, n'était de la pitié pour les souffrances humaines, ce serait très agréable à voir, rien que par curiosité… Mais où et comment êtes-vous tombé malade ?…

– En changeant de logement… Je viens de me lever…

– Mais vous êtes encore très faible et vous ne devriez pas sortir… Alors vous n'êtes plus dans votre ancien logement ? Mais qu'est-ce qui vous a décidé ?

– Ma logeuse a quitté Pétersbourg…

– Domna Savichna ! Est-ce possible ? Une bonne vieille, vraiment noble ! Savez-vous, je ressentais pour elle un respect presque filial. Dans cette vie presque achevée brillait ce quelque chose de sublime du temps de nos aïeux et, en la regardant, on croyait voir revivre devant soi notre vieux passé, avec sa grandeur !... c'est-à-dire... vous comprenez... quelque chose de poétique... termina Iaroslav Ilitch, tout à coup timide et rouge jusqu'aux oreilles.

– Oui, c'était une brave femme.

– Mais permettez-moi de savoir où vous demeurez maintenant ?

– Ici, pas loin. Dans la maison de Kochmarov.

– Je le connais... Un vieillard majestueux. J'ose dire que je suis presque son sincère ami... Un noble vieillard.

Les lèvres de Iaroslav Ilitch tremblaient presque de la joie de l'attendrissement. Il demanda un nouveau verre d'eau-de-vie et une pipe.

– Alors vous avez loué un appartement ?

– Non, j'ai loué une chambre.

– Chez qui ? Je connais peut-être aussi...

– Chez Mourine, un vieillard de haute taille.

– Mourine, Mourine... permettez... C'est celui qui habite dans la cour du fond, au-dessus du fabricant de cercueils ?

– Oui, oui...

– Hum ! Vous vous y plaisez ?

– Mais je viens seulement de m'y installer.

– Hum ! je voulais simplement dire… Hum !… D'ailleurs n'avez-vous pas remarqué quelque chose de particulier ?

– Vraiment…

– C'est-à-dire… Je suis sûr que vous vous y plairez, si vous êtes content de votre logement… Ce n'est pas ça que je veux dire. Mais, connaissant votre caractère… comment avez-vous trouvé ce vieux bourgeois ?…

– Il me fait l'effet d'un homme malade…

– Oui… il est très malade… Mais vous n'avez rien remarqué de particulier ? Lui avez-vous parlé ?

– Très peu. Il est si peu sociable, si bilieux…

– Hum !… Iaroslav Ilitch réfléchit. C'est un homme très malheureux, dit-il après un court silence.

– Lui ?

– Oui, malheureux, et, en même temps, un homme bizarre et… très intéressant. D'ailleurs, s'il ne vous dérange pas… Excusez si j'ai parlé d'un tel sujet… mais j'étais curieux…

– Et, en effet, vous avez excité ma curiosité. Je désirais beaucoup savoir qui il est. En somme, je demeure chez lui…

– Voyez-vous, on dit qu'il a été autrefois très riche. Il était marchand, comme vous l'avez probablement entendu dire. Par suite de diverses circonstances malheureuses il a perdu sa fortune. Dans une tempête, des bateaux qu'il avait, sombrèrent. Son usine confiée, il me semble, à un proche parent très aimé qui la dirigeait, a été détruite dans un incendie, où son parent lui-même trouva la mort. Avouez que ce sont des pertes terribles ! Alors on raconte que Mourine est tombé dans l'abattement ; on a même craint pour sa raison. Et, en effet, dans une querelle avec un autre marchand, également propriétaire de bateaux sur la Volga, il se montra tout à coup sous un jour étrange, si inattendu, qu'on attribua cette scène à une folie invétérée à laquelle, moi aussi, je suis porté à croire. J'ai entendu raconter quelques-unes de ses bizarreries… Enfin, un beau jour, il advint quelque chose de tellement extraordinaire, qu'on ne peut déjà l'expliquer autrement que par l'influence hostile du destin courroucé…

– Quoi ? demanda Ordynov.

– On dit que, dans un accès de folie maladive, il attenta à la vie d'un jeune marchand que, jusqu'alors, il aimait extrêmement. Quand il eut recouvré ses esprits, il fut tellement horrifié de cet acte, qu'il voulut se tuer. C'est du moins ce qu'on raconte. Je ne sais pas au juste ce qui s'est passé après cela, mais il est certain qu'il vécut quelques années sous pénitence… Mais qu'avez-vous, Vassili Mihaïlovitch ? Mon simple récit ne vous fatigue-t-il pas ?…

– Oh ! non, je vous en prie… Vous dites qu'il vivait sous pénitence… Mais il n'est pas seul…

– Je ne sais pas. On dit qu'il était seul… Oui, aucune autre personne n'était mêlée à cette affaire. D'ailleurs, je n'ai rien entendu de ce qui s'est passé après… Je sais seulement…

– Eh bien ?…

– Je sais seulement… À vrai dire, je n'ai rien d'extraordinaire à ajouter… Je veux dire seulement que si vous trouvez en lui quelque chose d'étrange, qui sorte du train habituel des choses, cela tient tout simplement aux malheurs qui l'ont assailli l'un après l'autre…

– Oui… Il est pieux, il est même bigot.

– Je ne pense pas, Vassili Mihaïlovitch… Il a tant souffert… Il me semble qu'il est pur de cœur…

– Mais maintenant, il n'est pas fou. Il est bien portant…

– Oh ! non, non… Cela je puis m'en porter garant… je puis le jurer… Il est en pleine possession de toutes ses facultés mentales. Il est seulement, comme vous l'avez justement remarqué en passant, très bizarre et… pratiquant… C'est un homme très raisonnable… Il parle bien, hardiment et non sans ruse. On voit encore sur son visage les traces de sa vie orageuse d'autrefois. C'est un homme curieux et qui a lu énormément.

– Il me semble qu'il lit toujours des livres sacrés.

– Oui, c'est un mystique.

– Comment ?

– Mystique… Mais je vous le dis en secret… Encore un secret ; je vous dirai que, pendant un certain temps, il a été très surveillé… Cet homme avait une terrible influence sur ceux qui venaient chez lui.

– Laquelle ?

– Mais, vous ne me croirez pas… Voyez-vous… à cette époque il n'habitait pas encore ce quartier… Alexandre Ignatievitch, un homme très respectable, haut gradé et qui jouissait de l'estime générale, est allé chez lui, par curiosité, avec un certain lieutenant. Ils arrivent chez lui, on les reçoit, et l'homme bizarre commence à les regarder très attentivement, en plein visage. C'était son habitude de regarder très attentivement le visage, s'il consentait à être utile ; au cas contraire il renvoyait les visiteurs et, l'on dit même, très impoliment. Il leur demanda : « Que désirez-vous, Messieurs ? » – « Mais, votre talent peut vous en instruire », répondit Alexandre Ignatievitch. « Votre don peut vous renseigner sans que nous vous le disions. » – « Entrez avec moi dans l'autre chambre », dit-il, et là, il indiqua précisément celui qui avait besoin de lui. Alexandre Ignatievitch ne racontait pas ce qui lui était arrivé après, mais il sortit de là blanc comme un mouchoir... La même chose est arrivée avec une grande dame de la haute société. Elle aussi est sortie de là, pâle comme une morte, tout en larmes, étonnée de ses prédictions et de son éloquence...

– C'est bizarre... Mais maintenant, il ne s'occupe pas de cela ?

– C'est interdit de la façon la plus formelle. On cite des cas extraordinaires... Un jeune lieutenant, l'espoir et l'orgueil d'une famille aristocratique, ayant souri en le regardant, il lui dit, très fâché : « Qu'as-tu à rire ? Dans trois jours, voilà ce que tu seras. » Et il croisa les bras, représentant par ce geste un cadavre...

– Eh bien ?

– Je n'ose le croire, mais on dit que la prédiction s'est réalisée... Il a ce don, Vassili Mihaïlovitch. Vous avez souri à mon récit... Je sais que vous êtes beaucoup plus instruit que moi. Mais moi, j'y crois. Ce n'est pas un charlatan. Pouchkine lui-même parle de quelque chose de semblable dans ses œuvres.

– Hum ! Je ne veux pas vous contredire...

– Il me semble que vous m'avez dit qu'il ne vit pas seul ?

– Je ne sais pas… Je crois qu'avec lui vit sa fille…

– Sa fille ?

– Oui, ou peut-être sa femme. Je sais qu'avec lui vit une femme… Je l'ai vue en passant… Mais je n'ai pas fait attention.

– Hum ! C'est bizarre…

Le jeune homme devint pensif. Iaroslav Ilitch s'attendrit. Il était touché d'avoir vu un vieil ami, et d'avoir raconté assez joliment quelque chose d'intéressant. Il restait assis, sans quitter des yeux Vassili Mihaïlovitch, et fumait sa pipe. Mais, tout d'un coup, il sursauta et en hâte se prépara.

– Une grande heure passée, et moi qui ai oublié !… Cher Vassili Mihaïlovitch, encore une fois je remercie le sort qui nous a réunis, mais il est temps de partir. Permettez-moi d'aller vous rendre visite dans votre docte demeure ?

– S'il vous plaît. J'en serai très heureux. J'irai moi-même vous voir, aussitôt que je le pourrai…

– Est-ce possible ! Vous m'obligeriez infiniment. Vous ne sauriez croire quel plaisir vous m'avez fait !

Ils sortirent du restaurant, Sergueïev courait déjà à leur rencontre. Très vite, il rapporta à Iaroslav Ilitch que Vilim Emelianovitch passerait tout à l'heure. En effet, sur la Perspective se montrait une paire de magnifiques trotteurs attelés à une très belle voiture ; surtout le cheval de volée était remarquable.

Iaroslav Ilitch serra comme dans un étau la main de son meilleur ami, toucha son chapeau et s'élança au-devant la voiture. En route, deux fois, il se retourna et salua de la tête Ordynov.

Ordynov ressentait une telle fatigue, une telle lassitude dans tous ses membres, qu'il avait du mal à se traîner sur ses jambes. À grand'peine il arriva à la maison. Sous la porte cochère il croisa de nouveau le portier, qui avait suivi, sans rien en perdre, ses adieux avec Iaroslav Ilitch et, de loin encore, lui avait fait un signe d'invitation. Mais le jeune homme passa sans s'arrêter. À la porte du logement il se heurta à un individu de petite taille, à cheveux gris, qui, les yeux baissés, sortait de chez Mourine.

– Seigneur Dieu ! Pardonnez-moi mes péchés !... chuchotait l'homme, qui bondit de côté avec l'élasticité d'un bouchon.

– Je ne vous ai pas fait mal ?

– Non... Je vous remercie... Oh ! Seigneur, Seigneur Dieu !...

Le petit homme, en soupirant et marmonnant quelque chose entre ses dents, descendit lentement l'escalier. C'était le propriétaire de la maison que le portier craignait tant. Alors seulement Ordynov se rappela qu'il l'avait vu pour la première fois, ici même, chez Mourine, le jour de son emménagement.

Ordynov se sentait irrité et troublé. Il savait que son imagination, sa sensibilité étaient tendues à l'extrême, et il résolut de ne pas se fier à ses impressions. Peu à peu, il tomba dans une sorte de torpeur. Sa poitrine était oppressée d'un sentiment pénible, angoissant. Son cœur souffrait comme s'il était tout blessé, et son âme était pleine de larmes refoulées, intarissables.

De nouveau, il se jeta sur le lit que Catherine lui avait préparé et, de nouveau il tendit l'oreille. Il entendait deux respirations : l'une, pénible, maladive, entrecoupée ; l'autre, douce mais inégale aussi et troublée, comme si, là-bas, la même impulsion, la même passion faisaient battre les cœurs. Il percevait parfois le frôlement de sa robe, le glissement léger de ses pas doux et même le bruit de son pied se répercutait dans son cœur en une souffrance sourde mais agréable. Enfin il crut entendre des sanglots, et puis, de nouveau, une prière. Il savait qu'elle était à genoux devant l'icône, les mains jointes dans quelque désespoir terrible. Qui est-elle ? Pour qui prie-t-elle ? De quelle passion sans issue son cœur est-il troublé ? Pourquoi souffre-t-il tant et s'épanche-t-il en de telles larmes brûlantes et désespérées ?

Il se mit à se remémorer ses paroles. Tout ce qu'elle lui avait dit résonnait encore à ses oreilles comme une musique ; et son cœur répondait avec amour, par un coup sourd, douloureux, à chaque souvenir, à chacune de ses paroles répétées religieusement... Pour un moment tout ce qu'il avait vu en rêve traversa son esprit ; mais tout son cœur tremblait quand renaissait dans son imagination l'impression de son souffle ardent, de ses paroles et de son baiser. Il ferma les yeux et se laissa aller à l'oubli... Quelque part une pendule sonna... Il se faisait tard. La nuit venait.

Tout à coup il lui sembla que, de nouveau, elle se penchait sur lui ; qu'elle fixait sur les siens ses yeux merveilleux, mouillés de larmes brillantes, de larmes de joie ; ses yeux doux et clairs comme la coupole infinie du ciel à l'heure chaude de midi. Son visage s'éclairait d'un tel calme majestueux, son sourire promettait une telle béatitude, elle s'inclinait sur son épaule avec une telle compassion, qu'un gémissement de bonheur jaillit de sa poitrine affaiblie.

Elle voulait lui parler. Avec tendresse elle lui confiait quelque chose... De nouveau son oreille était frappée d'une musique pénétrante ; il respirait avidement l'air chauffé, électrisé par son souffle tout proche. Dans l'angoisse il tendit les mains, soupira et ouvrit les yeux...

Elle était devant lui, penchée sur son visage, toute pâle d'effroi, tout en larmes, toute tremblante d'émotion. Elle lui disait quelque chose, le suppliait en joignant et tordant les mains. Il la prit dans ses bras. Elle restait toute tremblante sur sa poitrine…

PARTIE II

I

– Qu'y a-t-il ? Qu'as-tu ? demandait Ordynov tout à fait éveillé et la tenant encore fortement serrée dans ses bras brûlants. Qu'as-tu, Catherine ? Qu'as-tu, mon amour ?

Elle sanglotait doucement, les yeux baissés, et cachait son visage en feu sur la poitrine du jeune homme. Elle resta ainsi longtemps, sans pouvoir parler, tremblant toute comme si elle avait peur.

– Je ne sais pas... Je ne sais pas, prononça-t-elle enfin, d'une voix presque imperceptible. Elle suffoquait et à peine pouvait articuler ses paroles. Je ne me rappelle pas comment je suis venue ici, chez toi. Elle se serra encore plus fortement contre lui et, comme mue par un sentiment irrésistible, elle lui baisa les épaules, les bras, la poitrine, et enfin, dans un mouvement de désespoir, cacha son visage dans ses mains et baissa la tête sur ses genoux.

Quand Ordynov, angoissé, parvint à la faire se relever et l'eût fait asseoir près de lui, son visage brûlait de honte, ses yeux imploraient le pardon, et le sourire qui paraissait sur ses lèvres faiblement s'efforçait de vaincre la force irrésistible de la nouvelle impression. Elle paraissait de nouveau effrayée de quelque chose : méfiante elle le repoussait de la main, le regardait à peine et, la tête baissée, dans un chuchotement craintif, elle répondait à ses questions par mots entrecoupés.

– Tu as eu peut-être dans ton sommeil quelque cauchemar ? demanda Ordynov, ou quelque vision terrible, dis ? Il t'a peut-être effrayée ?... Il délire, il n'a pas sa raison... Peut-être a-t-il prononcé des choses que tu ne devais pas entendre ?... A-t-il dit quelque chose ? Oui ?

– Non, je n'ai pas dormi, répondit Catherine domptant avec effort son émotion. Le sommeil ne venait pas. Lui s'est tu tout le temps… Il ne m'a appelée qu'une seule fois. Je me suis approchée de lui, je l'ai appelé, lui ai parlé ; il ne m'entendait pas. Il est très mal. Que Dieu lui vienne en aide ! Alors l'angoisse m'a saisie au cœur, une angoisse épouvantable. J'ai prié tout le temps, prié sans cesse et voilà, ça m'a prise…

– Assez, Catherine, assez, ma vie, assez… C'est hier que tu as eu peur…

– Non, je n'ai pas eu peur hier.

– Est-ce que cela arrive parfois ?

– Oui, cela arrive.

Elle tremblait toute et, de nouveau effrayée, se serrait contre lui comme un enfant.

– Vois-tu, dit-elle, retenant ses sanglots, ce n'est pas sans raison que je suis venue chez toi. Ce n'est pas sans raison qu'il m'était pénible de rester seule, répéta-t-elle en lui serrant la main avec reconnaissance. Assez, assez versé de larmes sur le malheur d'autrui ! Garde-les pour le jour pénible où tu seras seul à souffrir, où il n'y aura personne avec toi. Écoute… Est-ce que tu as déjà aimé ?

– Non… avant toi, je n'ai pas aimé…

– Avant moi ? Et tu m'appelles ton amour ?

Elle le regarda soudain avec étonnement ; elle voulait dire quelque chose, mais se tut et baissa les yeux. Puis, tout à coup, son visage devint rouge et à travers les larmes encore chaudes, oubliées sur ses cils, ses yeux brillèrent. On voyait qu'une question agitait ses lèvres. Elle le regarda deux fois, d'un air rusé, et ensuite, brusquement, elle baissa de nouveau les yeux.

– Non, je ne puis pas être ton premier amour, dit-elle. Non, non, répéta-t-elle en hochant la tête pensivement, tandis qu'un sourire éclairait de nouveau son visage. Non ! fitelle enfin en éclatant de rire. Ce n'est pas moi qui puis être ton amour…

Alors elle le regarda, mais tant de tristesse se reflétait soudain sur son visage, une angoisse si désespérée se peignait sur tous ses traits, qu'Ordynov fut saisi d'un sentiment de pitié incompréhensible, maladif, de compassion pour un malheur inconnu et, avec une souffrance indicible, il la regarda.

– Écoute ce que je vais te dire, prononça-t-elle d'une voix qui allait au cœur, en serrant dans ses mains les mains d'Ordynov et s'efforçant d'étouffer ses sanglots. Écoute-moi bien ; écoute, ma joie ! Domine ton cœur et cesse de m'aimer comme tu m'aimes maintenant ; ce sera mieux pour toi, et ton cœur deviendra plus léger et plus joyeux et tu te garderas d'une ennemie redoutable et tu acquerras une sœur aimante. Je viendrai chez toi si tu le veux. Je te caresserai et je n'aurai pas honte de demeurer près de toi. Je suis restée avec toi deux jours, quand tu as été gravement malade ! Reconnais en moi ta sœur ! Ce n'est pas en vain que j'ai prié ardemment la Vierge pour toi ! Tu ne trouveras pas une autre sœur pareille. Tu peux parcourir tout l'univers, tu ne trouveras pas un autre amour pareil, si ton cœur demande l'amour. Je t'aimerai de tout mon cœur, comme maintenant, et je t'aimerai parce que ton âme est pure, claire, transparente, parce que, quand je t'ai regardé pour la première fois, j'ai reconnu aussitôt que tu es l'hôte de ma demeure, l'hôte désirable, et que ce n'est pas par hasard que tu es venu chez nous. Je t'aime parce que, pendant que tu regardes, tes yeux aiment et parlent de ton cœur. Et quand ils parlent, alors je sais tout de suite ce que tu penses. C'est pourquoi je veux donner ma vie pour ton amour, ma liberté. Il me serait doux d'être l'esclave de celui que mon cœur a trouvé... Ma vie n'est pas à moi, elle appartient à un autre, et ma liberté est entravée ! Mais accepte une sœur, sois mon frère, prends-moi dans ton cœur, quand de nouveau l'angoisse tombera sur moi ; fais toi-même que je n'aie pas honte de venir chez toi et de rester assise avec toi une longue nuit. M'as-tu entendue ? M'as-tu ouvert ton cœur ? Ta raison a-t-elle compris ce que je t'ai dit ?...

Elle voulait dire encore autre chose ; elle le regarda, posa sa main sur son épaule, et enfin, épuisée, se laissa tomber sur sa poitrine. Sa voix s'arrêta dans des sanglots passionnés ; sa poitrine se soulevait fortement, et son visage s'empourprait comme l'occident au soleil couchant.

– Ma vie... murmura Ordynov qui sentait ses yeux se voiler, tandis que sa respiration s'arrêtait. Ma joie... dit-il, ne sachant plus quels mots il prononçait, ne les comprenant pas, et tremblant de la crainte de détruire d'un souffle tout ce qui lui arrivait et qu'il prenait plutôt pour une vision que pour la réalité, tellement tout était obscurci devant lui. Je ne sais pas... je ne te comprends pas... je ne me rappelle pas ce que tu viens de dire, ma raison s'obscurcit, mon cœur souffre... ma reine...

L'émotion étouffa sa voix. Elle se serrait de plus en plus fortement contre lui. Il se leva. Il n'y pouvait plus tenir ; brisé, étourdi par l'émotion, il tomba à genoux. Des sanglots enfin s'échappèrent de sa poitrine, et sa voix, qui venait droit du cœur, vibrait comme une corde dans toute l'amplitude de l'enthousiasme et d'un bonheur inconnu.

– Qui es-tu ? Qui es-tu, ma chérie ? D'où viens-tu, ma colombe ? prononça-t-il, en s'efforçant d'étouffer ses sanglots. De quel ciel es-tu descendue ? C'est comme un rêve qui m'enveloppe. Je ne puis croire à ta réalité... Ne me fais pas de reproches... Laisse-moi parler, laisse-moi te dire tout, tout ! Depuis longtemps je voulais parler... Qui es-tu, qui es-tu, ma joie ? Comment as-tu trouvé mon cœur ? Dis-moi, y a-t-il longtemps que tu es ma sœur ? Raconte-moi tout de toi. Où étais-tu jusqu'à ce jour

? Dis-moi comment s'appelait l'endroit où tu as vécu. Qu'as-tu aimé là-bas ? De quoi étais-tu heureuse, et qu'est-ce qui te rendait triste ? L'air était-il chaud, là-bas ? Le ciel était-il pur ?... Quels êtres t'étaient chers ? Qui t'a aimée avant moi ? À qui, là-bas, s'est adressée ton âme pour la première fois ? Avais-tu ta mère ? Était-ce elle qui te caressait quand tu étais enfant ? Ou, comme moi, es-tu restée seule dans la vie ? Dis-moi, étais-tu toujours ainsi ? À quoi rêvais-tu ? À quoi pensais-tu ? Lesquels de tes rêves se sont réalisés et quels furent les autres ? Dis-moi tout... Pour qui ton cœur de vierge a-t-il battu pour la première fois et à qui l'as-tu donné ? Dis-moi ce qu'il me faut donner en échange de ton cœur ? Parle, ma chérie, ma lumière, ma sœur ! Dis-moi comment je puis mériter ton amour ?

Sa voix s'arrêta de nouveau. Il baissa la tête, mais quand il leva les yeux, l'horreur le glaça ; ses cheveux se dressèrent sur sa tête.

Catherine était assise, pâle comme une morte.

Immobile, elle regardait l'espace ; ses lèvres étaient bleuâtres, comme celles d'un cadavre, et ses yeux étaient pleins d'une souffrance muette, terrible. Lentement elle se leva, fit quelques pas, un sanglot aigu jaillit de sa poitrine et elle tomba devant l'icône... Des paroles brèves, incohérentes, s'échappaient de ses lèvres. Elle perdit connaissance. Ordynov, tout bouleversé, la souleva et la déposa sur le lit. Il restait debout devant elle, ne se rappelant rien. Une minute après, elle ouvrit les yeux, s'assit sur le lit, regarda autour d'elle, et saisit la main d'Ordynov. Elle l'attirait vers soi, murmurait quelque chose entre ses lèvres pâles, mais la voix lui manquait. Enfin, ses larmes jaillirent, abondantes, brûlant la main glacée d'Ordynov.

– Que c'est pénible, pénible ! Ma dernière heure vient, prononça-t-elle enfin dans une angoisse d'épouvante.

Elle voulait dire encore autre chose mais sa langue ne lui obéissait pas ; elle ne pouvait proférer une seule parole. Désespérée, elle regardait Ordynov qui ne la comprenait pas. Il se pencha vers elle, plus près, écoutant... Enfin il lui entendit prononcer nettement ces mots :

– Je suis envoûtée... on m'a envoûtée... On m'a perdue...

Ordynov leva la tête et, avec étonnement, la regarda. Une pensée affreuse traversa son esprit. Catherine vit son visage contracté.

– Oui, on m'a envoûtée, continua-t-elle... Un méchant homme m'a envoûtée, lui. C'est lui mon assassin... Je lui ai vendu mon âme... Pourquoi, pourquoi as-tu parlé de ma mère ? Pourquoi as-tu voulu me tourmenter ? Que Dieu te juge !

Un moment après, elle pleurait doucement. Le cœur d'Ordynov battait et souffrait d'une angoisse mortelle.

– Il dit, chuchota-t-elle d'une voix contenue, mystérieuse, que quand il mourra il viendra chercher mon âme... Je suis à lui. J'ai vendu mon âme... Il m'a tourmentée... Il a lu dans les livres... Tiens, regarde, regarde son livre ! Le voici ! Il dit que j'ai commis un péché mortel... Regarde, regarde...

Elle lui montrait un livre. Ordynov n'avait pas remarqué comment il se trouvait là. Machinalement il le prit. C'était un livre, écrit comme les anciens livres des vieux croyants qu'il avait eu l'occasion de voir auparavant. Mais maintenant il ne pouvait regarder, toute son attention concentrée sur autre chose. Le livre tomba de ses mains. Il enlaça doucement Catherine en essayant de la ramener à la raison.

– Assez, assez... On t'a fait peur. Je suis avec toi... Aie confiance en moi, ma chérie, mon amour, ma lumière...

– Tu ne sais rien, rien, dit-elle, en serrant fortement ses mains. Je suis toujours ainsi… J'ai peur de tout… Cesse, cesse, ne me tourmente plus, autrement j'irai chez lui… commença-t-elle un instant après, toute haletante. Souvent il me fait peur avec ses paroles… Parfois il prend un livre, le plus grand, et me fait la lecture… Il lit toujours des choses si sévères, si terribles ! Je ne sais ce qu'il lit, je ne comprends pas tous les mots, mais la peur me saisit et quand j'écoute sa voix, c'est comme si ce n'était pas lui qui lisait, mais quelqu'un de méchant qu'on ne peut adoucir. Alors mon cœur devient triste, triste… il brûle… C'est effrayant !…

– Ne va pas chez lui ! Pourquoi vas-tu chez lui ? dit Ordynov comprenant à peine ses paroles.

– Pourquoi suis-je venue chez toi ? Demande-le, je ne le sais moi-même… Et lui me dit tout le temps : « Prie Dieu, prie ! » Parfois je me lève dans la nuit sombre et je prie longtemps, des heures entières. Souvent j'ai sommeil, mais la peur me tient éveillée, et il me paraît alors que l'orage se prépare autour de moi, que ça me portera malheur, que les méchants me déchireront, me tueront, que les saints n'entendront pas mes prières et qu'ils ne me sauveront pas de la douleur effroyable… Toute l'âme se déchire comme si le corps entier voulait se fondre en larmes… Je commence à prier de nouveau et je prie jusqu'au moment où la Sainte Vierge de l'icône me regarde avec plus de tendresse. Alors je me lève et je me couche comme une morte. Parfois je m'endors sur le sol, à genoux devant l'icône. Mais il arrive aussi qu'il s'éveille, m'appelle, commence à me caresser, me consoler, et alors je me sens si bien, tout devient léger et n'importe quel malheur peut arriver ; avec lui je n'ai plus peur. Il a du pouvoir ! Sa parole est grande !

– Mais quel malheur t'est-il arrivé ? Ordynov se tordait les mains de désespoir.

Catherine devint terriblement pâle. Elle le regarda comme un condamné à mort qui n'espère plus sa grâce.

– À moi ? Je suis une fille maudite… ma mère m'a maudite… J'ai fait mourir ma propre mère !

Ordynov l'enlaça sans mot dire.

Elle se serrait contre lui. Il sentait qu'un frisson parcourait tout le corps de la jeune femme, et il lui semblait que son âme se séparait de son corps.

– Je l'ai enterrée, dit-elle dans le trouble de ses souvenirs et la vision de son passé… Depuis longtemps je voulais parler… Il me le défendait avec des prières, des reproches, des menaces… Parfois lui-même ravive mon angoisse, comme le ferait mon mortel ennemi… Et maintenant toutes ces idées me viennent en tête, la nuit… Écoute, écoute… C'était il y a longtemps, très longtemps, je ne me rappelle plus quand, mais cela me semble être d'hier… C'est comme un rêve d'hier qui m'aurait rongé le cœur toute la nuit. L'angoisse double la longueur du temps… Assieds-toi ici, près de moi, je te raconterai toute ma douleur. Que je sois maudite, qu'importe ! Je te livre toute ma vie…

Ordynov voulut l'en empêcher, mais elle joignit les mains en le priant en grâce de l'écouter. Puis de nouveau, avec un trouble grandissant, elle se mit à parler. Son récit était haché. Dans ses paroles grondait l'orage de son âme. Mais Ordynov comprenait tout parce que sa vie était devenue la sienne, ainsi que sa douleur, et parce que son ennemi se dressait déjà devant lui, grandissait à ses yeux à chacune de ses paroles et, comme avec une force inépuisable, oppressait son cœur et riait de sa colère. Son sang troublé affluait à son cœur et obscurcissait ses pensées. Le vieillard méchant de son rêve (Ordynov le croyait) était en réalité devant lui.

« C'était par une nuit comme celle-ci », commença Catherine, « seulement plus orageuse. Le vent soufflait dans la forêt comme je ne l'avais jamais encore entendu souffler... Ou peut-être est-ce parce que, de cette nuit-là, date ma perte !... Sous ma fenêtre, un chêne fut brisé... Un mendiant, un vieillard tout blanc qui vint chez nous, nous assura qu'il avait vu ce chêne, quand il était encore enfant, et qu'il était alors aussi grand qu'au moment où le vent l'abattit...

« Cette même nuit – je me rappelle tout comme si c'était maintenant – les bateaux de mon père furent détruits par la tempête, et mon père, bien que malade, se rendit aussitôt au bord du fleuve, dès que les pêcheurs accoururent le prévenir, chez nous, à l'usine. Moi et ma mère nous restâmes seules. Je somnolais. J'étais triste et pleurais amèrement... Je savais pourquoi... Ma mère venait d'être malade, elle était pâle, et me répétait à chaque instant de lui préparer son linceul. Tout à coup, on frappa à la porte cochère. Je bondis. Mon sang afflua à mon cœur. Ma mère poussa un cri... Je ne la regardai pas... J'avais peur... Je pris la lanterne et allai moi-même ouvrir la porte... C'était lui !... J'eus peur. J'avais toujours peur quand il venait chez nous. C'était ainsi dès mon bas âge, d'aussi loin que je me souvienne... À cette époque il n'avait pas encore de cheveux blancs ; sa barbe était noire comme du goudron ; ses yeux brillaient comme des charbons, et, pas une seule fois, il ne m'avait regardée avec tendresse... Il me demanda si ma mère était à la maison. J'ai refermé la porte et lui ai répondu que mon père n'était pas à la maison. « Je le sais », me dit-il, et, tout à coup, il m'a regardée de telle façon... C'était la première fois qu'il me regardait ainsi. Je m'en suis allée ; il restait immobile. « Pourquoi ne vient-il pas ? » me disais-je... Nous entrâmes dans la chambre. « Pourquoi m'as-tu répondu que ton père n'était pas là quand je t'ai demandé si ta mère y était ? » questionna-t-il. Je me tus...

« Ma mère était effrayée. Elle se jeta vers lui... Il la regardait à peine. Je voyais tout. Il était tout mouillé, tremblant ; la tempête l'avait poursuivi pendant vingt verstes... D'où venait-il ? Ma mère ni moi ne le savions jamais. Nous ne l'avions pas vu depuis déjà neuf semaines... Il ôta son bonnet et se débarrassa de ses moufles... Il ne priait pas les icônes, ne saluait pas les maîtres du logis... Il s'assit près du feu... »

Catherine passa la main sur son visage comme si quelque chose l'étouffait. Mais, une minute après, elle releva la tête et continua :

« Il se mit à parler à ma mère, en tatare. Ma mère savait cette langue ; moi je ne comprenais pas un mot. Parfois, quand il venait, on me renvoyait... Maintenant, ma mère n'osait pas dire un mot à son propre enfant... Le diable achète mon âme et moi, contente, je regarde ma mère. Je vois qu'on me regarde, qu'on parle de moi... Ma mère se mit à pleurer... Il saisit son couteau. Plusieurs fois déjà, il lui était arrivé devant moi de saisir un couteau quand il parlait à ma mère. Je me levai et me cramponnai à sa ceinture... Je voulais lui arracher son couteau. Lui grince des dents, crie et veut me repousser... Il me donne un coup dans la poitrine, mais ne me fait pas reculer. Je pensais que j'allais mourir sur place... Mes yeux se voilèrent. Je tombai sur le sol sans pousser un cri... et je regardai tant qu'il me resta la possibilité de voir... Il ôta sa ceinture, releva la manche du bras qui m'avait frappée, prit son couteau et me le donna : « Coupe-le, fais ce que tu veux, puisque je t'ai offensée, et moi, le fier, je me prosternerai devant toi. » Je remis le couteau dans sa gaine... J'étouffais... Je ne le regardais même pas. Je me rappelle que j'ai souri sans desserrer les lèvres et que j'ai regardé sévèrement les yeux tristes de ma mère... Ma mère était assise, pâle comme une morte... »

Ordynov écoutait attentivement ce récit embrouillé. Peu à peu le trouble de Catherine se dissipait. Son débit devenait plus calme ; les souvenirs entraînaient la pauvre créature et dispersaient son angoisse sur l'immensité du passé.

« Il mit son bonnet et sortit sans saluer. Je pris de nouveau la lanterne pour l'accompagner à la place de ma mère qui, quoique malade, voulait le reconduire. Nous arrivâmes à la porte cochère. Je me taisais. Il ouvrit la porte et chassa les chiens. Je le regardai. Il ôta son bonnet et s'inclina profondément devant moi. Je le vois ensuite qui met la main dans son gousset et en tire un petit écrin recouvert de velours rouge, qu'il ouvre. Je regarde. Ce sont de grosses perles. Il me les offre : « J'ai une belle non loin d'ici », me dit-il, « c'est pour elle que je les apportais, mais ce n'est pas à elle que je les remets. Prends, ma jolie, orne ta beauté, écrase-les sous tes pieds, si tu le veux, mais prends-les. » Je les pris mais ne les écrasai pas. C'eût été trop d'honneur… Je les pris comme un serpent, sans dire pourquoi je les prenais. Je retournai dans la chambre et les mis sur la table, devant ma mère.

« Ma mère resta un moment sans mot dire, toute pâle, comme si elle avait peur de me parler, puis : « Qu'est-ce que c'est, ma petite Catherine ? » Et moi je répondis : « C'est pour toi que ce marchand les a apportées… Moi j'ignore… » Je la regardai. Elle fondit en larmes : « Ce n'est pas pour moi, Catherine, ce n'est pas pour moi, méchante fille. Ce n'est pas pour moi. » Je me rappelle avec quelle tristesse elle prononça ces paroles. Comme si son cœur se fendait. Je levai les yeux… Je voulais me jeter à ses pieds. Mais, soudain, le diable me souffla : « Eh bien, si ce n'est pas pour toi, c'est probablement pour mon père. Je les lui donnerai quand il rentrera. Je lui dirai que des marchands sont venus et ont laissé cette marchandise… » Alors ma mère se mit à sangloter : « Je lui dirai moi-même quels marchands sont venus et pour quelle marchandise… Je lui dirai de qui tu es, fille bâtarde !… Désormais tu n'es plus ma fille ! Tu es une vipère. Tu es une fille maudite ! » Je me taisais. Mes yeux étaient sans larmes comme si tout était mort en moi ! J'allai dans ma chambre et, toute la nuit, j'écoutai la tempête et pensai…

« Cinq jours s'écoulèrent. Vers le soir du cinquième jour mon père arriva, les sourcils froncés, l'air courroucé. Mais en route la maladie l'avait brisé. Je regarde : son bras était bandé. Je compris que son ennemi s'était trouvé en travers de sa route. Je savais aussi quel était son ennemi. Je savais tout. Il ne dit pas un mot à ma mère, ne s'informa pas de moi, et convoqua tous les ouvriers. Il donna l'ordre d'arrêter le travail à l'usine, et de garder la maison du mauvais œil. À ce moment mon cœur m'avertit qu'un malheur menaçait notre maison. Nous restions dans l'attente. La nuit passa. Encore une nuit d'orage ; et le trouble envahissait mon âme. J'ouvris ma fenêtre. Mon visage brûlait, mes yeux étaient pleins de larmes, mon cœur était en feu. J'étais tout entière comme un brasier ; j'avais envie de m'en aller loin, au bout du monde, là où naît l'orage. Ma poitrine se gonflait... Tout à coup, très tard, je dormais, ou plutôt j'étais dans une sorte de demi-sommeil, quand j'entendis frapper à ma fenêtre : « Ouvre ! » Je regarde... Un homme est monté jusqu'à ma fenêtre à l'aide d'une corde. Je le reconnus aussitôt. J'ouvris ma fenêtre et le laissai entrer dans ma chambre. C'était lui ! Il n'enleva pas son bonnet. Il s'assit sur un banc, tout essoufflé, pouvant à peine respirer, comme s'il avait été poursuivi. Je me mis dans un coin. Je me sentais pâlir...

« Le père est à la maison ? » « Oui. » « Et la mère ? » « La mère aussi. » « Tais-toi, maintenant. Tu entends ? » « J'entends. » « Quoi ? » « Le vent sous la fenêtre. » « Eh bien, ma belle, veux-tu tuer ton ennemi, appeler ton père et perdre mon âme ? Je me soumets à ta volonté. Voici une corde ; lie-moi si le cœur te dit de venger ton offense. » Je me taisais. « Eh bien quoi ! parle, ma joie. » « Que faut-il ?... » « Il me faut éloigner mon ennemi, dire adieu à mon ancienne bien-aimée et toi, jeune fille, te saluer bien bas... » Je me mis à rire et je ne sais moi-même comment ces paroles impures entrèrent dans mon cœur : « Laisse-moi donc, ma belle, aller en bas et saluer le maître de la maison. » Je tremblais toute, mes dents claquaient, mon cœur était en feu... J'allai lui ouvrir la porte et le laissai pénétrer dans la maison. Seulement sur le seuil, je dis : « Reprends tes perles et ne me donne plus jamais de cadeau. » Et je lui jetai l'écrin... »...

Catherine s'arrêta pour respirer un peu. Tantôt elle frissonnait et devenait pâle, tantôt tout son sang affluait à ses joues. Au moment où elle s'arrêta son visage était en feu, ses yeux brillaient à travers ses larmes, un souffle lourd faisait trembler sa poitrine. Mais, tout à coup, elle redevint pâle et sa voix, toute pénétrée de tristesse, reprit :

« Alors je suis restée seule et c'était comme si la tempête grondait autour de moi… Soudain, j'entendis des cris… Les ouvriers de l'usine galopaient dans la cour… On criait : « L'usine brûle ! » Je me cachai dans un coin. Tous s'enfuyaient de la maison… Je restais seule avec ma mère. Je savais que la vie l'abandonnait : depuis trois jours elle était sur son lit de mort. Je le savais, fille maudite ! Tout à coup, dans ma chambre éclata un cri faible, comme celui d'un enfant qui a peur dans la nuit. Ensuite tout devint calme. Je soufflai la chandelle. J'étais glacée. Je cachai mon visage dans mes mains. J'avais peur de regarder. Soudain, j'entends un cri près de moi. Des gens accouraient de l'usine. Je me penchai à la fenêtre. Je vis mon père mort qu'on rapportait et j'entendis les gens dire entre eux : « Il est tombé de l'escalier dans la chaudière bouillante. C'est comme si le diable l'y avait poussé ! » Je me suis serrée contre le lit. J'attendais, qui, quoi, je ne sais. Je me souviens que, tout à coup, ma tête devint lourde ; la fumée me piquait les yeux et j'étais heureuse que ma perte fût proche. Soudain, je me sentis soulevée par les épaules… Je regarde autant que je puis… Lui ! Tout brûlé. Son habit est chaud et sent la fumée. « Je suis venu te chercher, ma belle. J'ai perdu mon âme pour toi ! J'aurai beau prier, je ne me ferai jamais pardonner cette nuit maudite, à moins que nous ne priions ensemble ! » Et il a ri, le maudit ! « Montre-moi par où passer pour que les gens ne me voient pas », me dit-il. Je le pris par la main et le conduisis. Nous traversâmes le corridor. J'avais les clefs ; j'ouvris la porte de la réserve et lui indiquai la fenêtre. Cette fenêtre donnait sur le jardin. Il me prit dans ses bras puissants et sauta avec moi par la fenêtre… Nous nous mîmes à courir. Nous courûmes longtemps. Nous apercevions une forêt épaisse et sombre… Il tendit l'oreille : « On nous poursuit, Catherine, on nous poursuit ! On nous poursuit, ma belle, mais ce n'est pas le moment de se rendre ! Embrasse-moi pour l'amour et le bonheur éternels ! » « Pourquoi tes mains ont-elles du sang ? » « Du sang, ma chérie ? Mais c'est parce que j'ai tué vos chiens qui aboyaient. Partons ! » De nouveau nous nous mîmes à courir. Tout d'un coup, nous voyons dans le chemin le cheval de mon père. Il avait arraché son licol et s'était enfui de l'écurie, pour se sauver des flammes. « Monte avec moi, Catherine, Dieu nous a envoyé du secours ! » Je me taisais. « Est-ce que tu ne veux pas ? Je ne suis ni un païen, ni un diable, je ferai le signe de la croix, si tu veux. » Il se signa. Je m'assis sur le cheval et, me serrant contre lui, je m'oubliai sur sa poitrine, comme dans un rêve… Quand je revins à moi, nous étions près d'un fleuve, large, large… Il me descendit de cheval, descendit lui-même et alla vers les roseaux. Il avait caché là son bateau. « Adieu donc, mon brave cheval, va chercher un nouveau maître ; les anciens t'ont quitté ! » Je me jetai sur le cheval de mon père et l'embrassai tendrement. Ensuite nous sommes montés dans le bateau. Il prit les rames et bientôt nous perdîmes de vue la rive. Quand nous fûmes ainsi éloignés, il abandonna les rames et regarda tout autour.

« Bonjour », dit-il, « ma mère, rivière nourrice du monde, et ma nourrice ! Dis-moi, as-tu gardé mon bien en mon absence ? Est-ce que mes marchandises sont intactes ? » Je me taisais et baissais les yeux. Mon visage était rouge de honte. « Prends tout, si tu veux, mais fais-moi la promesse de garder et chérir ma perle inestimable… Eh bien, dis au moins un mot, ma belle ! Éclaire ton visage d'un sourire ! Comme le soleil, chasse la nuit sombre… » Il parle et sourit. Je voulais dire un mot… J'avais peur. Je me tus. « Eh bien, soit ! », répondit-il à ma timide pensée. « On ne peut rien obtenir par la force. Que Dieu te garde, ma colombe. Je vois que ta haine pour moi est la plus forte… » Je l'écoutais. La colère me saisit et je lui dis : « Oui, je te hais, parce que tu m'as souillée pendant cette nuit sombre et que tu te moques encore de mon cœur de jeune fille… » Je dis et ne pus retenir mes larmes. Je pleurai. Il se tut, mais me regarda de telle façon que je tremblai comme une feuille. « Écoute, ma belle », me dit-il, et ses yeux brillaient merveilleusement ; « ce n'est pas une parole vaine que je te dirai ; c'est une grande parole que je te donne. Tant que tu me donneras le bonheur je serai le maître, mais si, à un moment, tu ne m'aimes plus, inutile de parler, fais seulement un signe du sourcil, regarde-moi de ton œil noir, et je te rendrai ton amour avec la liberté. Sache seulement, ma fière beauté, que ce sera la fin de mes jours ! » Et toute ma chair sourit à ces paroles... »

Ici l'émotion interrompit le récit de Catherine. Elle respira et voulait continuer quand, soudain, son regard brillant rencontra le regard enflammé d'Ordynov fixé sur elle. Elle tressaillit, voulut dire quelque chose, mais le sang lui monta au visage. Elle cacha son visage dans ses mains et l'enfouit dans les oreillers. Ordynov était troublé au plus profond de lui-même. Une émotion pénible, indéfinissable, intolérable, parcourait toutes ses fibres, comme un poison, et grandissait à chaque mot du récit de Catherine. Un désir sans espoir, une passion avide et douloureuse possédaient ses pensées, troublaient ses sentiments, et, en même temps, une tristesse profonde, infinie, oppressait de plus en plus son cœur. Par moments il voulait crier à Catherine de se taire, il voulait se jeter à ses pieds et la supplier avec des larmes de lui rendre ses anciennes souffrances, son sentiment pur d'auparavant. Il avait pitié de ses larmes séchées depuis longtemps. Son cœur souffrait. Il n'avait pas compris tout ce qu'avait dit Catherine, et son amour avait peur du sentiment qui troublait la pauvre femme. Il maudissait à ce moment sa passion. Elle l'étouffait et il sentait comme du plomb fondu couler dans ses veines au lieu de sang.

– Ah ! mon malheur n'est pas en ce que je viens de te raconter, reprit tout à coup Catherine, en relevant la tête. Ce n'est pas en cela qu'est ma souffrance, mon tourment ! Que m'importe que ma mère m'ait maudite à sa dernière heure ! Je ne regrette pas ma vie dorée d'autrefois. Qu'est-ce que cela me fait de m'être vendue à l'impur et de porter, pour un moment de bonheur, le péché éternel ! Ce n'est pas en cela qu'est mon malheur, qu'est ma souffrance !... Non, ce qui m'est pénible, ce qui me déchire le cœur, c'est d'être son esclave souillée, c'est que ma honte me soit chère, c'est que mon cœur ait du plaisir à se rappeler sa douleur comme si c'était de la joie et du bonheur. Voici où est mon malheur : de ne pas ressentir de colère pour l'offense qui m'a été faite !...

Un souffle chaud, haletant, brûlait ses lèvres. Sa poitrine s'abaissait et se soulevait profondément et ses yeux brillaient d'une indignation insensée... Mais, à ce moment, tant de charme était répandu sur son visage, chaque trait était empreint d'une telle beauté, que les sombres pensées d'Ordynov s'évanouirent comme par enchantement. Son cœur aspirait à se serrer contre son cœur, à s'oublier avec elle dans une étreinte folle et passionnée et même à mourir ensemble. Catherine rencontra le regard troublé d'Ordynov et lui sourit d'une telle façon qu'un double courant de feu brûla son cœur. À peine s'il s'en rendait compte lui-même.

– Aie pitié de moi ! Épargne-moi ! lui chuchota-t-il, en retenant sa voix tremblante.

Elle se pencha vers lui, un bras appuyé sur son épaule et le regarda de si près dans les yeux que leurs souffles se confondaient.

– Tu m'as perdu ! Je ne connais pas ta douleur, mais mon âme s'est troublée... Qu'est-ce que cela me fait si ton cœur pleure ! Dis-moi ce que tu désires et je le ferai. Viens avec moi. Allons, ne me tue pas... Ne me fais pas mourir !...

Catherine le regardait immobile, les larmes séchées sur ses joues brûlantes. Elle voulait l'interrompre, le prendre par la main, dire quelque chose, et ne trouvait pas les mots.

Un sourire étrange parut lentement sur ses lèvres et un rire perça à travers ce sourire.

– Je ne t'ai pas tout raconté, continua-t-elle enfin. Je te raconterai encore... Seulement m'écouteras-tu ? Écoute ta sœur... Je voudrais te raconter comment j'ai vécu un an avec lui... non, je ne le ferai pas... « Une année s'écoula... Il partit avec ses compagnons sur le fleuve. Moi je restai chez sa mère, à attendre. Je l'attends un mois, un autre… Un jour, je rencontre un jeune marchand. Je le regarde… et je me rappelle les années passées… « Ma chère amie », dit-il, après deux mots de conversation avec moi, « je suis Alexis, ton fiancé d'autrefois. Nos parents nous avaient fiancés quand nous étions enfants. M'as-tu oublié ? Rappelle-toi… Je suis de votre village !… » « Et que dit-on de moi chez nous ? » « Les gens disent que tu as oublié la pudeur des jeunes filles, que tu t'es liée avec un bandit », me répondit Alexis, en riant. « Et toi, qu'est-ce que tu as pensé de moi ? » « J'avais beaucoup à dire… (son cœur se troublait)… Je voulais dire beaucoup… mais maintenant que je t'ai vue, tu m'as perdu », dit-il. « Achète aussi mon âme, prends-la, piétine mon cœur, raille mon amour, ma belle. Je suis maintenant orphelin ; je suis mon maître et mon âme est à moi. Je ne l'ai vendue à personne… » Je me mis à rire. Il me parla encore plusieurs fois… Il resta tout un mois dans le village… Il avait abandonné son commerce, congédié ses ouvriers, et il restait seul. J'avais pitié de ses larmes d'orphelin… Et voilà qu'une fois, le matin, je lui dis : « Alexis, attends-moi, la nuit venue, près du ponton… Nous irons chez toi. J'en ai assez de cette vie ! » La nuit vint, je préparai mon paquet… Tout d'un coup, je regarde… C'est mon maître qui rentre, tout à fait à l'improviste. « Bonjour ! Allons, il y aura de l'orage, il ne faut pas perdre de temps. » Je le suivis. Nous arrivâmes au bord du fleuve. Nous regardons. Il y a là une barque avec un batelier, on dirait qu'il attend quelqu'un… « Bonjour, Alexis ! Que Dieu te vienne en aide ! Quoi ? tu t'es attardé au port… Tu te hâtes d'aller rejoindre les bateaux… Emmène-nous, moi et ma femme… J'ai laissé ma barque là-bas et ne puis aller à la nage ! » « Assieds-toi », dit Alexis. Et toute mon âme eut mal quand j'entendis sa voix. « Assieds-toi avec ta femme ; le vent est bon pour tous et dans ma demeure il y aura place pour vous. » Nous nous sommes assis. La nuit devenait sombre ; les étoiles se cachaient ; le vent soufflait ; les vagues s'enflaient. Nous nous sommes éloignés à une verste de la rive. Tous trois nous gardions le silence… « Quelle tempête ! dit mon maître. C'est du malheur cette tempête ! Je n'ai encore jamais vu la pareille sur ce fleuve ! C'est lourd pour notre barque ; elle ne pourra pas nous porter tous les trois ! » « Oui, elle ne pourra pas nous porter tous les trois… » dit Alexis.

« C'est donc qu'un de nous est de trop… » Sa voix tremblait comme une corde. « Eh quoi ! Alexis, je t'ai connu tout petit enfant ; j'étais comme un frère avec ton père. Dis-moi, Alexis, est-ce que tu pourrais gagner la rive à la nage, ou périrais-tu ? » « Je n'y arriverai pas… Non, je n'y arriverais pas et périrais dans le fleuve… » « Écoute maintenant, toi, Catherine, ma perle inestimable ! Je me rappelle une nuit pareille, seulement la vague ne montait pas comme maintenant et les étoiles brillaient, la lune éclairait… Je veux te demander si tu ne l'as pas oubliée ?… » « Je m'en souviens », répondis-je. « Alors, si tu ne l'as pas oubliée, tu n'as pas oublié non plus ce qui fut promis… Comment un brave garçon enseigna à sa belle le moyen de reconquérir sa liberté… Hein ? » « Non, je ne l'ai pas oublié », dis-je, ni morte, ni vive. « Tu ne l'as pas oublié ! Alors voilà, maintenant la barque est trop chargée ; pour l'un de nous le moment est venu… Alors parle, ma belle ; parle, ma colombe ; dis ta parole douce… »

» Je ne l'ai pas prononcée », chuchota Catherine en pâlissant… Elle n'acheva point.

– Catherine ! éclata soudain une voix sourde et rauque.

Ordynov tressaillit. Dans la porte se tenait Mourine. Il était à peine vêtu, une couverture de fourrure jetée sur lui, pâle comme un mort. Il les fixait d'un œil presque fou. Catherine de plus en plus pâle le regardait aussi, comme hypnotisée.

– Viens chez moi, Catherine, prononça le vieillard d'une voix à peine perceptible ; et il sortit de la chambre.

Catherine, toujours immobile, regardait dans l'espace comme si le vieillard se trouvait encore devant elle. Mais, tout à coup, le sang empourpra ses joues pâles. Ordynov se rappela leur première rencontre.

– Alors, à demain, mes larmes ! dit-elle presque en souriant. À demain.

Rappelle-toi où je me suis arrêtée… : « Choisis un des deux, ma belle… Qui tu aimes et qui tu n'aimes pas. » Tu te rappelleras ?… Tu attendras une nuit ? ajouta-t-elle en posant les mains sur les épaules d'Ordynov et le regardant avec tendresse.

– Catherine, ne va pas chez lui, ne te perds pas… Il est fou ! chuchota Ordynov, qui tremblait pour elle.

– Catherine ! appela la voix derrière la cloison.

– Quoi ? Tu penses qu'il me tuera ? demanda Catherine en riant. Bonne nuit, mon cœur, mon pigeon, mon frère, dit-elle en appuyant sa tête contre sa poitrine, tandis que, tout d'un coup, des larmes coulaient de ses yeux. Ce sont les dernières larmes. Dors donc, mon chéri, tu t'éveilleras demain pour la joie. Elle l'embrassa passionnément.

– Catherine, Catherine, murmura Ordynov en tombant à genoux devant elle et tâchant de la retenir. Catherine !

Elle se retourna, lui fit signe de la tête en souriant et sortit de la chambre.

Ordynov l'entendit entrer chez Mourine. Il retint son souffle et écouta, mais aucun son ne lui parvenait. Le vieux se taisait ou, peut-être, était-il de nouveau sans connaissance…

Ordynov voulait aller près d'elle, mais ses jambes chancelaient… Il se sentit pris de faiblesse et s'assit sur le lit.

II

Quand il s'éveilla, il fut longtemps avant de se rendre compte de l'heure. Était-ce l'aube ou le crépuscule ? Dans sa chambre il faisait toujours noir. Il ne pouvait définir exactement combien de temps il avait dormi, mais il sentait que son sommeil avait été maladif. Il passa la main sur son visage, comme pour chasser les rêves et les visions nocturnes. Mais quand il voulut poser le pied sur le parquet il eut la sensation que son corps était brisé ; ses membres las refusaient d'obéir. La tête lui faisait mal et tout tournait autour de lui. Son corps tantôt frissonnait de froid, tantôt devenait brûlant. Avec la conscience, la mémoire revenait aussi et son cœur tressaillit quand, en un moment, il revécut en pensée toute cette nuit. Son cœur battait si fort à cette évocation, ses sensations étaient si vives, si fraîches, qu'il semblait que, depuis le départ de Catherine, il s'était écoulé non pas de longues heures, mais une minute. Ses yeux n'étaient pas encore secs, ou peut-être étaient-ce des larmes nouvelles, jaillies comme d'une source de son âme ardente ! Et, chose étonnante, ses souffrances lui étaient même douces, bien qu'il sentît sourdement, par tout son être, qu'il ne supporterait pas un choc pareil. À une certaine minute il eut comme la sensation de la mort, et il était prêt à l'accueillir telle qu'une visiteuse désirable. Ses nerfs étaient si tendus, sa passion bouillonnait si impétueusement avec une telle ardeur, son âme était pleine d'un tel enthousiasme que la vie, exacerbée par cette tension, paraissait prête à éclater, à se consumer en un moment, et disparaître pour toujours.

Presque au même instant, comme en réponse à son angoisse, en réponse à son cœur frémissant, résonna la voix connue – telle cette musique intérieure qui chante en l'âme de chaque homme aux heures de joie et de bonheur – la voix grave et argentine de Catherine. Tout près, à son chevet presque, commençait une chanson d'abord douce et triste... La voix tantôt montait, tantôt descendait et s'éteignait ; tantôt elle éclatait comme le trille du rossignol et, toute frémissante de passion, s'épandait en une mer d'enthousiasme, en un torrent de sons puissants, infinis, comme les premières minutes du bonheur de l'amour. Ordynov distinguait même les paroles : elles étaient simples, tendres, anciennes, et exprimaient un sentiment naïf, calme, pur et clair. Mais il les oubliait et n'entendait que les sons. À travers les paroles naïves de la chanson, il entendait d'autres paroles, dans lesquelles bouillonnait toute l'aspiration de son propre cœur, et qui répondaient à sa passion. Tantôt c'était le dernier gémissement du cœur meurtri par l'amour, tantôt la joie de la liberté, la joie de l'esprit qui a brisé ses chaînes et s'envole clair et libre dans l'océan infini de l'amour. Tantôt il entendait les premiers serments de l'amante avec ses prières, ses larmes, son chuchotement mystérieux et timide ; tantôt le désir d'une bacchante fière et joyeuse de sa force, sans voiles, sans mystère, s'ébattant sous ses yeux grisés...

Ordynov, sans attendre la fin de la chanson, se leva du lit. La chanson s'arrêta aussitôt.

– Bonjour, mon aimé, prononçait la voix de Catherine. Lève-toi, viens chez nous, éveille-toi pour la joie claire. Nous t'attendons, moi et mon maître ; nous sommes des braves gens... Nous sommes soumis à ta volonté... Éteins la haine par l'amour... Dis une douce parole !

Ordynov sortit de sa chambre à son premier appel et se rendit presque inconsciemment chez ses logeurs. La porte s'ouvrit devant lui et, clair comme le soleil, brilla le sourire de sa belle logeuse. À ce moment il ne vit et n'entendit qu'elle. Instantanément, toute sa vie, toute sa joie, se fondirent dans son cœur en l'image claire de Catherine.

– Deux aurores ont passé depuis que nous nous sommes vus, dit-elle en lui serrant la main. La seconde, à présent, s'éteint. Regarde par la fenêtre... Ce sont comme les deux aurores de l'amour d'une jeune fille, ajouta en souriant Catherine : La première empourpre son visage sous le coup de la première honte, lorsque son cœur solitaire se met à battre pour la première fois ; et la seconde, lorsque la jeune fille oublie sa première honte, brûle comme la flamme, oppresse sa poitrine et fait monter à ses joues le sang vermeil... Entre, entre dans notre maison, bon jeune homme. Pourquoi restes-tu sur le seuil ? Sois le bienvenu, le maître te salue...

Avec un rire sonore comme une musique elle prit la main d'Ordynov et l'introduisit dans la chambre. La timidité s'emparait de son cœur. Toute la flamme qui incendiait sa poitrine tout d'un coup paraissait s'éteindre. Confus, il baissa les yeux. Il avait peur de la regarder. Elle était si merveilleusement belle qu'il craignait que son cœur ne pût supporter son regard brûlant. Jamais encore il n'avait vu Catherine ainsi. Le rire et la gaîté pour la première fois éclairaient son visage et avaient séché les tristes larmes sur ses cils noirs. Sa main tremblait dans la sienne et, s'il avait levé les yeux, il aurait vu que Catherine, avec un sourire triomphant, fixait ses yeux clairs sur son visage assombri par le trouble et la passion.

– Lève-toi donc, vieillard ! dit-elle enfin. Prononce le mot de bienvenue à notre hôte... Un hôte, c'est comme un frère ! Lève-toi donc, vieillard orgueilleux, salue, prends la main blanche de ton hôte et fais-le asseoir devant la table !

Ordynov leva les yeux. Il paraissait se rendre compte seulement maintenant de la présence de Mourine. Les yeux du vieillard, comme éteints par l'angoisse de la mort, le regardaient fixement. Avec un serrement de cœur Ordynov se rappelait ce regard qu'il avait vu briller, comme maintenant, sous les longs sourcils froncés par l'émotion et la colère. La tête lui tournait un peu... Il regarda autour de lui et seulement alors comprit tout. Mourine était encore couché sur son lit. Il était presque complètement habillé comme s'il s'était déjà levé et était sorti le matin. Son cou était entouré comme avant d'un foulard rouge : il était chaussé de pantoufles. Son mal, évidemment, était passé, mais son visage était encore effroyablement pâle et jauni. Catherine s'était assise près du lit, le bras appuyé sur la table, et regardait silencieusement les deux hommes. Le sourire ne quittait pas son visage. Il semblait que tout se faisait selon son ordre.

– Oui, c'est toi, dit Mourine en se soulevant et s'asseyant sur le lit. Tu es mon locataire... Je suis coupable envers toi, Seigneur... Je t'ai offensé récemment quand j'ai joué avec le fusil... Mais qui savait que tu as, toi aussi, des crises d'épilepsie... Avec moi cela arrive... ajouta-t-il d'une voix rauque, maladive, en fronçant les sourcils et détournant les yeux. Le malheur vient sans frapper à la porte et s'introduit comme un voleur. J'ai même failli lui planter un couteau dans la poitrine à elle, ajouta-t-il en faisant un signe de tête dans la direction de Catherine... Je suis malade et la crise vient souvent... Assieds-toi ; tu es le bienvenu !

Ordynov le regardait toujours, fixement.

– Assieds-toi donc ! Assieds-toi ! s'écria le vieux d'une voix impatiente. Assieds-toi, puisque cela lui convient, à elle. Vous vous plaisez comme si vous étiez amants...

Ordynov s'assit.

– Vois-tu quelle sœur tu as ! continua le vieillard en riant et laissant voir deux rangées de dents blanches, saines. Amusez-vous, mes amis ! Eh bien, Monsieur ! ta sœur est-elle jolie ?... Dis, réponds... Regarde comme ses joues brillent. Mais regarde donc ! Admire la belle... Fais voir que ton cœur souffre...

Ordynov fronça les sourcils et regarda le vieillard avec colère. Celui-ci tressaillit sous ce regard. Une rage aveugle bouillonnait dans la poitrine d'Ordynov. Un instinct animal lui faisait deviner un ennemi mortel. Cependant il ne pouvait comprendre ce qui se passait en lui. La raison lui refusait son aide.

– Ne regarde pas ! prononça une voix derrière Ordynov.

Il se retourna.

– Ne regarde pas, ne regarde pas ! te dis-je. Si c'est le démon qui te pousse, aie pitié de ta bien-aimée, disait en riant Catherine. Et tout d'un coup se campant derrière lui, elle lui ferma les yeux avec ses mains, mais elle les retira aussitôt et s'en couvrit le visage : la rougeur de ses joues transparaissait, à travers ses doigts. Elle ôta ses mains et, toute rouge, essaya de rencontrer directement et sans gêne leurs sourires et leurs regards curieux. Mais les deux hommes demeuraient graves en la regardant : Ordynov, avec l'étonnement de l'amour, comme si, pour la première fois, une beauté aussi terrible avait percé son cœur ; le vieillard, avec attention et froidement. Rien ne s'exprimait sur son visage pâle ; seules ses lèvres bleuies tremblaient légèrement.

Catherine s'approcha de la table. Elle ne riait plus. Elle se mit à ranger les livres, les papiers, l'encrier, tout ce qui se trouvait sur la table, et les posa sur la tablette de la fenêtre. Sa respiration était devenue plus rapide, saccadée et, par moments, elle aspirait profondément, comme si son cœur était oppressé. Sa poitrine se soulevait et s'abaissait lourdement, telle une vague. Elle baissait les yeux, et ses cils noirs brillaient sur ses joues comme de fines aiguilles.

– Une reine ! fit le vieillard.

– Ma bien-aimée, murmura Ordynov, tressaillant de tout son corps.

Il se ressaisit en sentant sur lui le regard du vieillard. Ce regard brilla pour une seconde comme un éclair, avide, méchant, froid et méprisant. Ordynov voulait s'en aller, mais il se sentait comme cloué au sol par une force invisible. Il s'assit de nouveau. Parfois il se serrait les mains pour contrôler son état de veille, car il lui semblait qu'un cauchemar l'étranglait, qu'il était le jouet d'un rêve douloureux, maladif. Mais, chose étonnante, il ne désirait pas s'éveiller.

Catherine enleva de la table le vieux tapis, puis ouvrit un coffre d'où elle sortit un tapis richement brodé de soie claire et d'or et en couvrit la table. Ensuite elle prit dans l'armoire une cave à liqueurs ancienne, en argent massif, ayant appartenu à son arrière-grand-père, et la plaça au milieu de la table ; puis elle prépara trois coupes d'argent, une pour l'hôte, une pour le convive et une pour elle. Après quoi, d'un air pensif, elle regarda le vieillard et Ordynov.

– Alors, qui de nous est cher à qui ? dit-elle. Si quelqu'un n'a pas de sympathie pour l'autre, celui-là m'est cher et il boira sa coupe avec moi... Quant à moi, vous m'êtes chers tous deux, comme des proches. Alors buvons ensemble pour l'amour et pour la paix !...

– Buvons et noyons dans le vin les pensées sombres, dit le vieillard d'une voix altérée. Verse, Catherine !

– Et toi... Veux-tu que je te verse ?... demanda Catherine en regardant Ordynov.

Sans mot dire, Ordynov avança sa coupe.

– Attends... Si quelqu'un a un désir quelconque, qu'il soit réalisé ! prononça le vieillard en levant sa coupe.

Ils choquèrent leurs coupes et burent.

– Allons, maintenant buvons tous deux, vieillard, dit Catherine en s'adressant au maître. Buvons si ton cœur est tendre pour moi ! Buvons au bonheur vécu ; saluons les années passées ; saluons le bonheur et l'amour ! Ordonne donc de verser si ton cœur brûle pour moi !...

– Ton vin est fort, ma belle, mais toi, tu ne fais qu'y tremper les lèvres, dit le vieux en riant et tendant de nouveau sa coupe.

– Eh bien, je boirai un peu, et toi, vide ta coupe jusqu'au fond. Pourquoi vivre avec de tristes pensées, vieillard ? Cela ne peut que faire souffrir le cœur ! Les pensées naissent de la douleur ; la douleur appelle les pensées et quand on est heureux on ne pense plus ! Bois, vieillard, noie tes pensées dans le vin !

– Tu as beaucoup de chagrin ; tu veux en finir d'un coup, ma colombe blanche. Je bois avec toi, Catherine ! Et toi, Monsieur, permets-moi de te demander si tu as du chagrin ?

– Si j'en ai, je le cache en moi-même, murmura Ordynov sans quitter des yeux Catherine.

– As-tu entendu, vieillard ?... dit Catherine. Moi, pendant longtemps, je ne me connaissais pas, mais avec le temps j'ai tout appris, et me suis tout rappelé, et j'ai vécu de nouveau tout le passé...

– Oui, c'est triste quand il faut se rappeler le passé, dit le vieillard pensivement. Ce qui est passé est comme le vin qui est bu... À quoi sert le bonheur passé... Quand un habit est usé il faut le jeter...

– Il en faut un neuf ! dit Catherine en éclatant de rire, tandis que deux grosses larmes, pareilles à des diamants, pendaient à ses cils. Tu as compris, vieillard... Regarde, j'ai enseveli dans ta coupe mes larmes...

– Et ton bonheur, l'as-tu acheté par beaucoup de chagrin ? fit Ordynov, et sa voix tremblait d'émotion.

– Probablement, Monsieur, que tu as beaucoup de bonheur à vendre, dit le vieillard. De quoi te mêles-tu ?

Et soudain il se mit à rire méchamment en regardant avec colère Ordynov.

– Je l'ai acheté ce que je l'ai acheté, repartit Catherine... Aux uns cela paraîtrait bien cher, aux autres très bon marché... L'un veut tout vendre et ne rien perdre ; l'autre ne promet rien, mais le cœur obéissant le suit… Et toi, ne fais pas de reproches à un homme, ajouta-t-elle en regardant tristement Ordynov ; verse donc du vin dans ta coupe, vieillard. Bois au bonheur de ta fille, de ta douce esclave obéissante, telle qu'elle était quand elle t'a connu pour la première fois… Lève ta coupe !

– Soit ! Remplis donc aussi la tienne, dit le vieillard en prenant le vin.

– Attends, vieillard, ne bois pas encore, laisse-moi auparavant te dire quelque chose…

Catherine avait les bras appuyés sur la table et, fixement, avec des yeux ardents et passionnés, regardait le vieillard. Une décision étrange brillait dans son regard ; tous ses mouvements étaient calmes, ses gestes saccadés, inattendus et rapides. Elle était comme en feu. Mais sa beauté paraissait grandir avec l'émotion et l'animation. Ses lèvres entr'ouvertes montraient deux rangées de dents blanches comme des perles. Le bout de sa tresse, enroulée trois fois autour de sa tête, tombait négligemment sur l'oreille gauche ; une sueur légère perlait à ses tempes.

– Ici, dans ma main, mon ami, lis, avant que ton esprit ne soit obscurci. Voici ma main blanche ! Ce n'est pas en vain que les hommes de chez nous t'appelaient le sorcier. Tu as appris dans les livres et tu connais tous les signes magiques ! Regarde, vieillard, et dis-moi mon triste sort. Seulement, prends garde, ne mens pas ! Eh bien, dis, est-ce que ta fille sera heureuse ? Ou ne lui pardonneras-tu pas et appelleras-tu sur elle le mauvais sort ? Aurais-je mon coin chaud où je vivrai heureuse, ou, comme un oiseau migrateur, chercherai-je une place toute ma vie parmi les braves gens ? Dis-moi quel est mon ennemi, et qui m'aime et qui prépare contre moi le mal ?… Dis, est-ce que mon jeune cœur ardent vivra longtemps seul, ou trouvera-t-il celui à l'unisson duquel il battra pour la joie, jusqu'au nouveau malheur ?… Devine dans quel ciel bleu, au delà de quelle mer, et dans quelle forêt habite mon faucon… M'attend-il avec impatience, m'aime-t-il beaucoup, cessera-t-il bientôt de m'aimer ?... Me trompera-t-il ou non ? Et dis-moi, en même temps, dis-moi pour la dernière fois, vieillard, si nous resterons ensemble longtemps dans notre misérable demeure à lire des livres sataniques ?... Dis-moi si le moment viendra que je pourrai te dire adieu et te remercier de m'avoir nourrie et narré des histoires... Mais prends garde, dis toute la vérité... Ne mens pas ; le moment est venu !

Son animation croissait au fur et à mesure qu'elle parlait, mais, tout d'un coup, l'émotion brisa sa voix, comme si un tourbillon emportait son cœur. Ses yeux brillaient, sa lèvre supérieure tremblait un peu. Elle se penchait à travers la table vers le vieillard et, fixement, avec une attention avide, regardait ses yeux troublés.

Ordynov perçut tout à coup les battements de son cœur, quand elle cessa de parler... Il poussa un cri d'enthousiasme en la regardant et voulut se lever du banc. Mais le regard rapide, furtif du vieillard le cloua de nouveau sur place. Un mélange étrange de mépris, de raillerie, d'inquiétude, d'impatience et en même temps de curiosité méchante, rusée, brillait dans ce regard furtif, rapide, qui faisait chaque fois tressaillir Ordynov et qui, chaque fois, remplissait son cœur de dépit et de colère impuissante.

Pensivement, avec une curiosité attristée, le vieillard regardait Catherine. Son cœur était meurtri, mais aucun muscle de son visage ne tressaillait. Il sourit seulement quand elle eut terminé.

– Tu veux savoir beaucoup de choses en une fois, mon petit oiseau à peine sorti du nid ! Verse-moi donc plus vite à boire dans cette coupe profonde. Buvons d'abord pour la paix... autrement quelque œil noir impur gâterait mes souhaits... Satan est puissant !

Il leva sa coupe et but. Plus il buvait, plus il devenait pâle. Ses yeux étaient rouges comme des charbons, et leur éclat fiévreux et la teinte bleuâtre du visage présageaient pour bientôt un nouvel accès du mal.

Le vin était fort, en sorte que chaque nouvelle coupe brouillait de plus en plus les yeux d'Ordynov. Son sang fiévreux, enflammé, n'en pouvait supporter davantage. Sa raison se troublait, son inquiétude grandissait.

Il se versa du vin et but une gorgée, ne sachant plus ce qu'il faisait ni comment apaiser son émotion croissante, et son sang coulait encore plus rapide dans ses veines. Il était comme en délire et pouvait à peine saisir, en tendant toute son attention, ce qui se passait autour de lui.

Le vieux frappa avec bruit sa coupe d'argent sur la table.

– Verse, Catherine ! s'écria-t-il. Verse encore, méchante fille ! Verse jusqu'au bout ! Endors le vieillard jusqu'à la mort !… Verse encore, verse, ma belle… Et toi, pourquoi as-tu bu si peu ?… Tu penses que je n'ai pas remarqué…

Catherine lui répondit quelque chose qu'Ordynov n'entendit point. Le vieillard ne la laissa pas achever. Il la saisit par la main, comme s'il n'avait plus la force de retenir tout ce qui oppressait sa poitrine. Son visage était pâle, ses yeux tantôt s'obscurcissaient, tantôt brillaient avec éclat, ses lèvres pâles tremblaient, et d'une voix dans laquelle s'entendait parfois une joie étrange, il lui disait :

– Donne ta main, ma belle, donne. Je te dirai toute la vérité. Je suis sorcier, tu ne t'es pas trompée, Catherine ! Ton cœur d'or t'a dit la vérité… Mais tu n'as pas compris une chose : que ce n'est pas moi, sorcier, qui t'apprendrai la raison ! Ta tête est comme un serpent rusé bien que ton cœur soit plein de larmes. Tu trouveras toi-même ta voie, et tu glisseras entre le malheur. Parfois tu pourras vaincre par la raison, et là où la raison ne sera pas suffisante, tu étourdiras par ta beauté. Énerve l'esprit, brise la force et même un cœur de bronze se fendra… Si tu auras des malheurs, de la souffrance ? La souffrance humaine est pénible, mais au cœur faible le malheur n'arrive pas. Et ton malheur, ma belle, sera comme un trait sur le sable : il sera lavé par la pluie, séché par le soleil, emporté par le vent !... Attends, je te dirai encore... Je suis sorcier... De celui qui t'aimera tu seras l'esclave. Toi-même donneras ta liberté en gage et ne la reprendras pas... Mais tu ne pourras pas cesser à temps d'aimer ; tu sèmeras un grain et ton séducteur récoltera l'épi tout entier... Mon doux enfant, ma petite tête dorée, tu as caché dans ma coupe une de tes larmes pareille à une perle, mais tu l'as regrettée ! Tu as versé encore une centaine de larmes ! Mais tu ne dois pas regretter cette larme, cette rosée du ciel. Car elle te reviendra, plus lourde encore, cette larme semblable à une perle, au cours d'une nuit interminable, une nuit d'amère souffrance, cependant qu'une pensée impure commencera de te ronger. Alors, sur ton cœur brûlant, pour cette larme, tombera celle d'un autre, une larme de sang, ardente comme du plomb fondu ; elle brûlera ton sein blanc jusqu'au sang et jusqu'au triste et sombre lever d'une journée maussade, tu te débattras dans ton lit en laissant couler ton sang vermeil et tu ne guériras pas de ta fraîche blessure jusqu'à l'aurore suivante. Verse encore, Catherine, verse, ma colombe ! Verse, pour mes conseils sages !... Et tu n'as pas besoin d'en savoir davantage... Inutile de gaspiller en vain les paroles...

Sa voix s'affaiblissait et tremblait. Des sanglots semblaient prêts à jaillir de sa poitrine. Il se versa du vin et but avidement une nouvelle coupe ; il frappa encore, de sa coupe, la table. Son regard trouble brilla encore une fois.

– Vis comme tu veux vivre ! s'écria-t-il. Ce qui est passé est passé ! Verse encore... Verse pour que ma tête tombe, pour que toute mon âme soit meurtrie... Verse, pour que je dorme de longues nuits et perde tout à fait la mémoire. Verse, verse encore, Catherine !

Mais sa main qui tenait la coupe semblait être engourdie et ne bougeait pas. Il respirait lourdement, avec peine. Sa tête s'inclinait… Pour la dernière fois il fixa un regard terne sur Ordynov, et même ce regard s'éteignit. Enfin ses paupières tombèrent comme du plomb. Une pâleur mortelle se répandit sur son visage ; ses lèvres remuèrent encore quelques instants et tremblèrent comme s'il eût fait effort pour prononcer quelque chose. Soudain, une grosse larme suspendue à ses cils tomba et coula lentement sur sa joue pâle…

Ordynov n'y pouvait plus tenir. Il se leva, et, en chancelant, fit un pas vers Catherine. Il lui prit la main. Mais elle ne le regardait pas, on eût dit qu'elle ne le voyait pas, ne le reconnaissait pas…

Elle aussi avait l'air de perdre conscience, et elle semblait absorbée par une seule pensée, une seule idée. Elle s'abattit sur la poitrine du vieillard endormi, passa son bras blanc autour de son cou, et comme s'ils ne faisaient qu'un seul et même être, elle fixait sur lui son regard enflammé. Elle paraissait ne pas sentir qu'Ordynov lui prenait la main. Enfin, elle tourna la tête vers le jeune homme, et laissa tomber sur lui un regard long et pénétrant. Il semblait qu'enfin elle avait compris. Un sourire triste, douloureux, parut sur ses lèvres…

– Va-t-en ! murmura-t-elle. Tu es ivre et méchant, tu n'es pas mon ami !

Et de nouveau elle se tourna vers le vieillard, et encore fixa sur lui son regard. On eût dit qu'elle épiait chaque battement de son cœur, qu'elle caressait du regard son sommeil, qu'elle avait peur de respirer et qu'elle retenait son cœur embrasé… Et il y avait tant d'admiration amoureuse dans tout son être, que le désespoir, la rage et la colère saisirent soudain Ordynov.

– Catherine ! Catherine ! l'appela-t-il, en lui serrant brutalement la main.

La douleur ressentie se refléta sur son visage. Elle tourna la tête et regarda Ordynov avec tant de raillerie et de mépris, qu'il sentit ses jambes fléchir sous lui. Ensuite elle lui indiqua le vieillard endormi, et, de nouveau, le regarda d'un air froid et méprisant.

– Quoi ? Il te tuera !... prononça Ordynov, plein de rage.

Un démon, semblait-il, lui chuchotait à l'oreille qu'il l'avait comprise.

– Je t'achèterai à ton maître, ma belle, si tu as besoin de mon âme ! Il ne te tuera pas...

Le sourire silencieux qui glaçait Ordynov ne quittait pas le visage de Catherine. Sans savoir ce qu'il faisait, à tâtons, il décrocha du mur un couteau précieux appartenant au vieillard. L'étonnement parut sur le visage de Catherine, mais, en même temps, la colère et le mépris se reflétèrent dans ses yeux avec une intensité redoublée. Ordynov avait mal en la regardant... Une force obscure poussait sa main... Il tira le couteau de sa gaine... Catherine, immobile, retenant son souffle, le suivait des yeux...

Il regarda le vieillard.

À ce moment, il lui sembla que le vieillard lentement ouvrait les yeux et le regardait en souriant. Leurs yeux se rencontrèrent. Pendant quelques minutes, Ordynov le fixa, immobile... Soudain, il lui sembla que tout le visage du vieillard riait et que ce rire diabolique, glacial, éclatait enfin dans la chambre. Une pensée noire, hideuse, se glissait dans sa tête comme un serpent... Il tremblait... Le couteau lui échappa des mains et tomba avec bruit sur le parquet.

Catherine poussa un cri, comme si elle se réveillait d'un cauchemar sombre et pénible... Le vieillard, très pâle, se leva lentement du lit. Avec rage il repoussa du pied le couteau dans un coin de la chambre. Catherine était pâle comme une morte, immobile… Une souffrance sourde, insupportable, se peignait sur son visage. Avec un cri qui fendait l'âme, presque évanouie, elle tomba aux pieds du vieillard.

– Alexis ! Alexis ! Ces mots jaillirent de sa poitrine oppressée.

Le vieillard la prit dans ses bras puissants et la pressa fortement contre lui. Elle cacha sa tête sur le sein du vieillard et alors, par tous les traits de son visage, il eut un rire si triomphant et si terrible que l'horreur saisit Ordynov. La ruse, le calcul, la tyrannie froide et jalouse, la moquerie de son pauvre cœur déchiré, Ordynov entendait tout cela dans ce rire.

« Folle ! » murmura-t-il tout tremblant de peur, et il s'enfuit.

VI

Le lendemain, à huit heures du matin, Ordynov pâle, ému, non encore remis du trouble de la veille, frappait à la porte de Iaroslav Ilitch. Il n'aurait su dire pourquoi il était venu, et il recula d'étonnement, puis s'arrêta comme pétrifié sur le seuil en voyant Mourine dans la chambre. Le vieillard était plus pâle encore qu'Ordynov ; il paraissait se tenir à peine sur ses jambes, terrassé par le mal. Cependant il refusait de s'asseoir malgré l'invitation réitérée de Iaroslav Ilitch, tout heureux d'une pareille visite.

En apercevant Ordynov, Iaroslav Ilitch exulta, mais, presque au même moment, sa joie s'évanouit et une sorte de malaise le prit soudain, à mi-chemin de la table et de la chaise voisine. Évidemment, il ne savait que dire, que faire ; il se rendait compte de l'inconvenance qu'il y avait à fumer sa pipe dans un pareil moment, et, cependant, si grand était son trouble, qu'il continuait à fumer sa pipe tant qu'il pouvait, et même avec une certaine fanfaronnade.

Ordynov entra enfin dans la chambre. Il jeta un regard furtif sur Mourine. Quelque chose rappelant le méchant sourire de la veille, dont le souvenir faisait frissonner et indignait encore Ordynov, glissa sur le visage du vieillard. D'ailleurs, toute hostilité avait disparu et le visage avait repris son expression la plus calme et la plus impénétrable. Il salua très bas son locataire…

Toute cette scène réveilla enfin la conscience d'Ordynov. Il regarda fixement Iaroslav Ilitch, désirant lui faire bien comprendre l'importance de la situation. Iaroslav Ilitch s'agitait et se sentait gêné.

– Entrez, entrez donc, prononça-t-il enfin. Entrez, mon cher Vassili Mihaïlovitch. Faites-moi la joie de votre visite et honorez de votre présence tous ces objets si ordinaires… Et, de la main, Iaroslav Ilitch indiquait un coin de la chambre. Il était rouge comme une pivoine, et si troublé, si gêné, que la phrase pompeuse s'arrêta court, et, avec fracas, il avança une chaise au milieu de la chambre.

– Je ne vous dérange pas, Iaroslav Ilitch ? Je voulais… deux minutes seulement…

– Que dites-vous là ? Vous, me déranger, Vassili Mihaïlovitch ? Mais, veuillez accepter du thé, s'il vous plaît… Qui est de service ?… Je suis sûr que vous ne refuserez pas un autre verre de thé ? Mourine fit signe de la tête qu'il ne refusait pas.

Iaroslav Ilitch commanda au policier qui venait d'entrer, sur un ton des plus sévères, trois verres de thé, et, ensuite, vint s'asseoir près d'Ordynov. Pendant quelques minutes il ne cessa de tourner la tête comme un petit chat de faïence, tantôt à droite, tantôt à gauche, de Mourine vers Ordynov et d'Ordynov vers Mourine. Sa situation était excessivement désagréable. Évidemment il voulait dire quelque chose, selon lui quelque chose de très délicat, au moins pour l'un des deux, mais, malgré tous ses efforts, il lui était impossible de prononcer un mot…

Ordynov aussi avait l'air gêné. À un moment tous deux commencèrent à parler en même temps… Le taciturne Mourine, qui les observait avec curiosité, lentement ouvrit la bouche, laissant voir toutes ses dents…

– Je suis venu vous dire, commença Ordynov, que, par suite de circonstances très désagréables, je me vois forcé de quitter votre appartement et…

– Comme c'est bizarre !… l'interrompit tout d'un coup Iaroslav Ilitch. J'étais hors de moi d'étonnement quand ce respectable vieillard m'a annoncé, ce matin, votre décision. Mais…

– Il vous a annoncé ma décision ? demanda Ordynov étonné en regardant Mourine.

Mourine caressait sa barbe et souriait.

– Oui, confirma Iaroslav Ilitch. Au fait, je me trompe peut-être… mais je puis vous jurer sur l'honneur que dans les paroles de ce respectable vieillard il n'y avait pas l'ombre d'offense pour vous…

Iaroslav Ilitch rougit et maîtrisa avec peine son émotion.

Mourine, comme s'il en avait assez de se moquer du trouble du maître de la maison, fit un pas en avant.

– Voici, Votre Seigneurie, commença-t-il en saluant poliment Ordynov, vous savez vous-même, Monsieur, que moi et ma femme serions heureux de tout notre cœur, et n'aurions pas osé dire un mot… Mais, Monsieur, vous le savez, vous voyez quelle est ma vie… Vous voyez que je suis presque mourant… •

Mourine caressa de nouveau sa barbe.

Ordynov se sentait défaillir.

– Oui, oui... Je vous l'avais bien dit, il est malade. C'est un malheur... J'ai voulu le dire en français. Mais pardonnez-moi, je ne m'exprime pas librement dans cette langue... C'est-à-dire...

– Oui... Oui, c'est-à-dire...

Ordynov et Iaroslav Ilitch se firent l'un l' autre un petit salut, en restant assis sur leurs chaises, et Iaroslav Ilitch reprit aussitôt :

– D'ailleurs, j'ai interrogé en détail cet honnête homme... il m'a dit que la maladie de cette femme...

Ici le délicat Iaroslav Ilitch fixa un regard interrogateur sur Mourine.

– C'est-à-dire, notre patronne...

Iaroslav Ilitch n'insista pas.

– Oui, la logeuse... c'est-à-dire votre ancienne logeuse... dit-il, s'adressant à Ordynov. Voyez-vous, c'est une femme malade... Il dit qu'elle vous dérange dans vos travaux... Et lui-même... Vous m'avez caché une circonstance très importante, Vassili Mihaïlovitch...

– Laquelle ?

– Avec le fusil... prononça-t-il presque chuchotant, et d'une voix où perçait, avec l'indulgence, une ombre de reproche. Mais, reprit-il hâtivement, je sais tout. Il m'a tout raconté. Vous avez agi noblement en lui pardonnant son crime involontaire envers vous... Je vous le jure, j'ai vu des larmes dans ses yeux !

Iaroslav Ilitch rougit de nouveau. Ses yeux brillaient. Il s'agita sur sa chaise, tout ému.

– Moi… c'est-à-dire, Monsieur… nous… Votre Seigneurie, moi et la patronne, nous prions Dieu pour vous, commença Mourine en s'adressant à Ordynov, tandis que Iaroslav Ilitch, ayant enfin dominé son trouble, le regardait fixement. Mais vous le savez vous-même, Monsieur, c'est une femme malade, sotte… moi, je me tiens à peine…

– Mais je suis prêt, dit Ordynov impatient. Assez, je vous prie… Tout de suite même, si vous voulez…

– Non, Monsieur. Nous sommes très contents de vous. Mourine s'inclina très bas. Moi, Monsieur, je voulais vous dire tout de suite la chose : elle, Monsieur, elle est presque une parente… c'est-à-dire une parente éloignée… Elle est ainsi depuis l'enfance… Une tête exaltée… Elle a grandi dans la forêt, comme une paysanne, parmi les haleurs et les ouvriers d'usine et voilà… tout d'un coup leur maison a brûlé… Sa mère a péri dans l'incendie, son père aussi, soi-disant… Et elle vous racontera des histoires… Moi je ne m'en mêle pas… Mais je dois vous dire que des médecins de Moscou l'ont examinée, c'est-à-dire, Monsieur, qu'elle est complètement folle. Voilà ! Moi seul suis avec elle, et elle avec moi. Nous vivons, prions Dieu… et espérons. Mais je ne la contredis jamais…

Ordynov avait le visage tout bouleversé. Iaroslav Ilitch regardait tantôt l'un, tantôt l'autre de ses visiteurs.

– Mais non, Monsieur, non, reprit Mourine en hochant la tête avec importance. Elle est ainsi ; sa tête est si folle qu'il faut toujours à son cœur un amoureux quelconque, son bien-aimé… Et moi, Monsieur, j'ai vu… pardonnez-moi mes paroles stupides… continua Mourine en saluant et essuyant sa barbe, j'ai vu comment elle allait chez vous, et que vous, Votre Seigneurie, vouliez unir votre sort au sien…

Iaroslav Ilitch devint pourpre et regarda Mourine avec reproche. Ordynov avait peine à se tenir sur sa chaise.

– Non, Monsieur... c'est-à-dire... ce n'est pas cela... Moi, Monsieur, je suis un simple paysan... Nous sommes vos serviteurs, ajouta-t-il en saluant très bas, et nous prierons Dieu pour vous, ma femme et moi. Quant à nous, que nous ayons de quoi manger, soyons bien portants, et nous sommes satisfaits... Vous le savez vous-même, Monsieur... Ayez pitié de nous. Parce que qu'arrivera-t-il, Monsieur, quand elle aura encore un amant ? Pardonnez-moi ce mot grossier... Vous êtes un gentilhomme, Votre Excellence, un jeune homme fier, ardent, tandis qu'elle, vous le savez, c'est une enfant, une enfant sans raison... le péché est vite arrivé. Elle est robuste, moi je suis toujours malade... Mais quoi !... C'est déjà le diable qui s'en mêle... Moi, je lui raconte des histoires... Oui, Monsieur, moi et ma femme prierons Dieu pour vous, sans cesse ! Et qu'est-ce que cela peut faire à Votre Excellence ? Elle est jolie, soit, mais elle n'est après tout qu'une paysanne, une femme simple, mal lavée, sotte, bonne pour moi, un paysan... Ce n'est pas une femme pour vous, Monsieur... Et comme nous prierons Dieu pour vous !

Ici Mourine s'inclina très profondément. Il resta ainsi longtemps, sans se redresser, et essuyant sa barbe sur sa manche.

Iaroslav Ilitch ne savait que faire.

– Oui, ce brave homme, remarqua-t-il tout troublé, me parlait d'un malentendu quelconque qui existe, paraît-il, entre vous. Je n'ose le croire, Vassili Mihaïlovitch... J'ai entendu dire que vous êtes encore malade, s'interrompit-il rapidement et très ému en remarquant le trouble d'Ordynov.

– Oui... Combien vous dois-je ? demanda brusquement Ordynov à Mourine.

– Que dites-vous, Monsieur !... Nous ne sommes pas des vendeurs du Christ !... Pourquoi nous offensez-vous. Monsieur ? Vous devriez avoir honte... Est-ce que moi ou ma femme vous avons fait quelque tort... Excusez...

– Mais, cependant, mon ami, c'est étrange... Il a loué une chambre chez vous... Ne sentez-vous pas que, par votre refus, vous l'offensez, intervint Iaroslav Ilitch, croyant de son devoir de montrer à Mourine l'étrangeté et l'indélicatesse de son acte.

– Mais, excusez, Monsieur... Que dites-vous, Monsieur... Est-ce que nous sommes fautifs envers vous ? Nous avons tout fait pour vous être agréables... Je vous en prie, Monsieur... Quoi ? Est-ce que nous sommes des infidèles ?... Qu'il vive, partage notre nourriture de paysans, à sa santé ! Nous n'eussions rien dit... pas un mot... Mais le diable s'en est mêlé !... Moi, je suis malade, ma femme aussi est malade... Que faire ? Nous serions très heureux... de tout notre cœur... Mais nous prierons Dieu pour vous, moi et ma femme !

De nouveau Mourine salua très bas. Une larme parut dans les yeux de Iaroslav Ilitch. Il regarda Ordynov avec enthousiasme.

– Quel noble trait de caractère ! Quelle sainte hospitalité garde le peuple russe !

Ordynov toisa étrangement Iaroslav Ilitch, de haut en bas.

– Et moi, Monsieur... c'est cela, précisément, l'hospitalité, dit Mourine. Savez-vous : je pense maintenant que vous feriez bien de rester chez nous encore un jour, dit-il à Ordynov. Je n'aurais rien contre cela... Mais ma femme est malade. Ah ! si je n'avais pas ma femme ! Si j'étais seul ! Comme je vous aurais soigné ! Je vous aurais guéri ! Je connais des remèdes... Vraiment, peut-être resterez-vous quand même un jour de plus chez nous...

– En effet, n'y aurait-il pas un remède quelconque ? commença Iaroslav Ilitch. Mais il n'acheva pas.

Ordynov, furieux, étonné, regardait Iaroslav Ilitch des pieds à la tête... Sans doute c'était l'homme le plus honnête et le plus noble, mais, maintenant, il comprenait tout. Il faut avouer que sa situation était difficile. Il voulait, comme on dit, éclater de rire. En tête à tête avec Ordynov – deux amis pareils – sans doute, Iaroslav Ilitch n'y eût pu tenir et aurait été pris d'un accès de gaîté immodéré. En tout cas c'eût été fait noblement, et, le rire éteint, il aurait serré cordialement la main d'Ordynov. Il se serait efforcé de le convaincre sincèrement que le respect qu'il a pour lui en est augmenté et, qu'en tout cas, il l'excuse ; car, somme toute, c'est la jeunesse... Mais, vu sa délicatesse, il se trouvait maintenant dans une situation très embarrassante : il ne savait où se mettre.

– Le remède ? dit Mourine, dont tout le visage s'anima à la question de Iaroslav Ilitch. Moi, Monsieur, dans ma sottise de paysan, voici ce que je dirai, continua-t-il en s'avançant d'un pas. Vous lisez trop de livres, Monsieur. Je dirai que vous êtes devenu trop intelligent. Comme on dit chez nous : paysans, votre esprit a dépassé la raison...

– Assez ! interrompit sévèrement Iaroslav Ilitch.

– Je m'en vais, dit Ordynov. Je vous remercie, Iaroslav Ilitch. Je viendrai vous voir sans faute, promit-il en réponse à l'invitation de Iaroslav Ilitch, qui ne pouvait le retenir davantage. Adieu, adieu !

– Adieu, Votre Seigneurie ! Adieu, Monsieur !... Ne m'oubliez pas... Venez quelquefois nous voir...

Ordynov n'en écouta pas davantage. Il sortit comme un fou.

Il n'en pouvait plus. Il était comme mort. Sa conscience se figeait. Il sentait sourdement que le mal l'étouffait. Mais un désespoir glacial envahissait son âme, et il ne ressentait plus qu'une douleur sourde qui l'étouffait et lui déchirait la poitrine. À ce moment il eût voulu mourir. Ses jambes fléchissaient sous lui, et il s'assit près d'une palissade sans faire attention, ni aux gens qui passaient, ni à la foule qui commençait à faire cercle autour de lui, ni aux appels et aux questions de ceux qui l'entouraient. Mais soudain, parmi les voix, Ordynov perçut celle de Mourine. Il leva la tête. Le vieux, avec peine, s'était frayé un chemin jusqu'à lui. Son visage pâle était grave et pensif. Ce n'était déjà plus l'homme qui se moquait grossièrement de lui chez Iaroslav Ilitch. Ordynov se leva. Mourine le prit sous le bras et le fit sortir de la foule…

– Tu as besoin de prendre tes effets, dit-il en regardant de côté Ordynov. Ne t'attriste pas, Monsieur, s'écria-t-il ensuite… Tu es jeune, il ne faut pas désespérer…

Ordynov ne répondit pas.

– Tu es offensé, Monsieur ? Tu es évidemment très fâché… Mais tu as tort… Chacun doit garder son bien…

– Je ne vous connais pas, dit Ordynov, et je ne veux pas connaître vos secrets… Mais elle, elle !… prononça-t-il, et des larmes abondantes coulèrent de ses yeux. Il les essuya avec sa main. Son geste, son regard, le tremblement de ses lèvres bleuies, tout faisait pressentir en lui la folie.

– Je te l'ai dit, répondit Mourine en fronçant les sourcils. Elle est folle… Pourquoi et comment est-elle devenue folle, tu n'as nul besoin de le savoir… Seulement, telle qu'elle est, elle est à moi. Je l'aime plus que ma vie et ne la donnerai à personne. Comprends-tu maintenant ?

Une flamme brilla pour un moment dans les yeux d'Ordynov.

– Mais pourquoi, moi... pourquoi suis-je comme si j'avais perdu la vie ? Pourquoi mon cœur souffre-t-il ? Pourquoi ai-je connu Catherine ?

– Pourquoi ? Mourine sourit et devint pensif. Pourquoi, je ne le sais pas, prononça-t-il enfin. Les femmes, ce n'est pas l'abîme de la mer... On peut finir par les comprendre... Mais elles sont rusées. C'est vrai, Monsieur, qu'elle a voulu me quitter pour aller avec vous, continua-t-il pensif. Elle en avait assez du vieux... Elle a pris de lui tout ce qu'elle a pu prendre !... Vous lui avez plu beaucoup tout de suite. Mais, vous ou un autre... Moi, je ne la contredis en rien... Si elle m'avait demandé du lait d'oiseau, je lui en aurais procuré... J'aurais fabriqué moi-même un oiseau donnant du lait, s'il n'en existe pas de pareil... Elle est vaniteuse, elle rêve de liberté, mais elle ne sait pas elle-même de quoi son cœur souffre... Il vaut mieux que les choses restent ce qu'elles sont... Hé ! Monsieur, tu es trop jeune ! Ton cœur est encore chaud... Écoute, Monsieur, un homme faible ne peut pas seul se retenir ! Donne-lui tout, il viendra de lui-même et rendra tout, même si tu lui donnes la moitié de l'univers. Donne la liberté à un homme faible, il la ligotera lui-même et te la rapportera. Pour un cœur naïf la liberté ne vaut rien... On ne peut pas vivre avec un caractère pareil... Je te dis tout cela parce que tu es très jeune... Qu'es-tu pour moi ? Tu es venu, tu es parti... Toi ou un autre, c'est la même chose. Je savais depuis le commencement ce qui arriverait. Mais il ne faut pas contredire... On ne doit faire aucune objection si l'on veut garder son bonheur... Tu sais, Monsieur, on dit seulement, comme ça, que tout arrive, continuait à philosopher Mourine. Quand on est fâché on saisit un couteau, ou même on s'élance, les mains vides, et l'on tâche de déchirer la gorge de son ennemi... Mais qu'on te mette ce couteau dans la main, et que ton ennemi découvre sa poitrine devant toi, alors, tu recules...

Ils entrèrent dans la cour. De loin, le Tatar aperçut Mourine et ôta devant lui son bonnet. Il fixait un regard malicieux sur Ordynov.

– Quoi ! La mère est-elle à la maison ? s'écria Mourine.

– À la maison.

– Dis-lui d'aider à transporter ses effets… Et toi aussi donne un coup de main !

Ils montèrent l'escalier. La vieille qui servait chez Mourine et qui était, en effet la mère du portier, rassembla les objets du locataire et en fit un grand paquet.

– Attends, je vais t'apporter encore quelque chose qui t'appartient et qui est resté là-bas.

Mourine alla chez lui. Une minute après il revenait et tendait à Ordynov un coussin brodé, celui-là même que Catherine lui avait donné quand il était malade.

– C'est elle qui te l'envoie, dit Mourine. Et maintenant, va-t'en, et prends garde de ne pas revenir ici, ajouta-t-il à mi-voix ; autrement ça irait mal…

On voyait que Mourine n'avait pas l'intention d'offenser son locataire, mais quand il jeta sur lui un dernier regard, malgré lui, une expression de colère et de mépris se peignit sur son visage. Il referma la porte, presque avec dégoût, derrière Ordynov.

Deux heures plus tard, Ordynov s'installait chez l'Allemand Spies. Tinichen poussa un « Ah ! » en le voyant. Aussitôt elle s'informa de sa santé et ayant appris de quoi il s'agissait, immédiatement elle s'employa à le soigner.

Le vieil Allemand montra avec orgueil à son locataire qu'il se disposait précisément à aller remettre l'écriteau sur la porte cochère, car c'était juste aujourd'hui qu'expirait le délai de la location payée d'avance. Le vieux ne laissait jamais échapper l'occasion de vanter l'exactitude et la probité germaniques.

Le même jour Ordynov tomba malade. Il ne quitta le lit qu'au bout de trois mois.

Peu à peu il revint à la santé et commença à sortir. La vie, chez l'Allemand, était monotone et tranquille. L'Allemand n'avait pas un caractère difficile. La jolie Tinichen était tout ce qu'on désirait qu'elle fût. Mais, pour Ordynov, la vie semblait avoir perdu à jamais sa couleur ! Il devenait rêveur, irritable, sa sensibilité était maladive et, imperceptiblement, une hypocondrie très sérieuse, maligne, prenait possession de lui.

Pendant des semaines entières il n'ouvrait pas ses livres. L'avenir lui paraissait sombre. Ses ressources touchaient à la fin, et il ne faisait rien, ne se préoccupait pas du lendemain. Parfois, son ardeur ancienne pour la science, sa fièvre d'autrefois, les images du passé créées par lui, réapparaissaient, mais ne faisaient qu'étouffer son énergie. La pensée ne se transformait pas en action. La création s'arrêtait. Il semblait que toutes ces images prenaient exprès des proportions gigantesques, dans ses rêves, pour railler l'impuissance de leur propre créateur. Aux heures de tristesse, involontairement il se comparait à ce disciple du sorcier qui, ayant volé la parole magique de son Maître, ordonne au balai d'apporter de l'eau et s'y noie, parce qu'il a oublié comment dire : assez.

Peut-être une idée originale, entière, s'éveillerait-elle en lui ; peut-être deviendrait-il un des maîtres de la science ! Jadis, du moins, il croyait ; la foi sincère, c'est déjà le gage de l'avenir. Mais, maintenant, il lui arrivait de se moquer de soi-même, de sa confiance aveugle, et il n'avançait pas.

Six mois auparavant, il avait créé et jeté sur le papier l'esquisse d'une œuvre sur laquelle il fondait des espérances sans bornes. Cet ouvrage se rapportait à l'histoire de l'Église, et les conclusions les plus hardies étaient sorties de sa plume. Maintenant, il vient de relire ce plan ; il y réfléchit, le modifie, l'étudie, cherche et, enfin, le rejette sans rien construire sur les débris. Mais quelque chose de semblable au mysticisme commençait à envahir son âme. Le malheureux sentait ses souffrances et demandait à Dieu sa guérison. La femme de ménage de l'Allemand, une vieille femme russe très pieuse, racontait avec plaisir que leur locataire priait et restait deux heures entières prostré sur le seuil de l'église.

Il ne soufflait mot à personne de ce qui lui était arrivé ; mais, par moments, surtout à l'heure du crépuscule, quand le son des cloches lui rappelait sa première rencontre avec elle, la tempête s'élevait dans son âme blessée. Il se rappelait le sentiment jusqu'alors inconnu qui avait agité sa poitrine quand il s'était agenouillé près d'elle, n'écoutant que le battement de son cœur timide, et les larmes d'enthousiasme, de joie, répandues sur le nouvel espoir qui traversait sa vie. Alors la souffrance de l'amour, de nouveau, brûlait dans sa poitrine, alors son cœur souffrait amèrement, passionnément, et il semblait que son amour grandît avec sa tristesse.

Souvent des heures entières, oubliant soi-même et toute sa vie, oubliant tout au monde, il restait à la même place, seul, triste, hochant désespérément la tête et murmurant : « Catherine, ma colombe chérie, ma sœur solitaire ! »

Une pensée affreuse commençait à le torturer ; elle le poursuivait de plus en plus fréquemment, et, chaque jour, se transformait pour lui en certitude, en réalité. Il lui semblait que la raison de Catherine était intacte, mais que Mourine aussi avait dit vrai en l'appelant cœur faible. Il lui semblait qu'un secret la liait au vieux, mais que Catherine, ignorante du crime, était passée, colombe pure, en son pouvoir. Qui étaient-ils ? Il ne le savait pas ; mais il voyait qu'une tyrannie profonde, inéluctable pesait sur la malheureuse créature sans défense, et son cœur se troublait et se remplissait d'une indignation impuissante. Il lui semblait qu'on montrait perfidement aux yeux de l'âme, qui a recouvré la vue, sa propre chute, qu'on martyrisait un pauvre cœur « faible », qu'on lui expliquait la vérité à tort et à travers, qu'on le maintenait à dessein dans la cécité quand cela était nécessaire, que l'on flattait astucieusement son cœur impétueux et troublé et que l'on coupait ainsi, peu à peu, les ailes d'une âme aspirant à la liberté mais incapable de révolte ou d'un élan libre vers la vie…

Ordynov devenait de jour en jour plus sauvage, et il faut reconnaître que ses Allemands respectaient sa sauvagerie. Il choisissait de préférence pour ses promenades l'heure du crépuscule et les endroits éloignés et déserts. Par un soir triste, pluvieux, dans une vilaine petite rue, il rencontra Iaroslav Ilitch.

Iaroslav Ilitch avait beaucoup maigri. Ses yeux agréables étaient plus ternes, et toute sa personne portait la marque du désenchantement. Il courait pour une affaire quelconque, ne souffrant pas de retard. Il était tout trempé, tout sale, et une goutte de pluie pendait d'une façon fantastique à son nez, très convenable, mais maintenant tout bleu. De plus, il avait laissé pousser ses favoris.

Les favoris, et aussi l'air de Iaroslav Ilitch de vouloir fuir son vieil ami, frappèrent Ordynov. C'est curieux. Ils blessèrent même son cœur, qui, jusque là, n'avait pas eu besoin de compassion. Enfin l'homme qu'il avait connu autrefois, simple, débonnaire, naïf – disons même, ouvertement, un peu bête, mais sans prétention – lui était plus agréable. Il est désagréable, en revanche, quand un homme bête et que nous avons aimé en raison même, peut-être, de sa bêtise, se met soudain à être intelligent. Oui, c'est vraiment très désagréable ! Mais la méfiance avec laquelle il avait d'abord regardé Ordynov s'effaça aussitôt, et il engagea très amicalement la conversation. Il commença par dire qu'il avait beaucoup à faire, ensuite qu'il y avait longtemps qu'ils ne s'étaient vus ; mais, tout d'un coup, leur conversation, prit une tournure étrange. Iaroslav Ilitch se mit à parler de la fausseté des hommes, en général, de la fragilité des biens de ce monde, de la vanité des vanités. Avec une indifférence marquée, il parla de Pouchkine, et de certains bons amis communs, avec aigreur. Enfin il fit allusion à la fausseté de ceux qui se disent des amis alors que la véritable amitié n'existe pas et n'a jamais existé. En un mot Iaroslav Ilitch était devenu plus intelligent.

Ordynov n'objectait rien, mais une grande tristesse s'emparait de lui, comme s'il ensevelissait son meilleur ami…

– Ah ! Imaginez-vous… J'allais oublier de vous raconter… dit tout à coup Iaroslav Ilitch, comme s'il venait de se rappeler quelque chose de très intéressant. Il y a du nouveau ! Je vous le dis en secret… Rappelez-vous la maison où vous logiez.

Ordynov tressaillit et pâlit.

– Eh bien, imaginez-vous que, dernièrement, on a découvert dans cette maison une bande de voleurs… c'est-à-dire des contrebandiers, des escrocs de toutes sortes, le diable sait quoi ! On a arrêté les uns, on poursuit encore les autres… On a donné les ordres les plus sévères. Et, le croiriez-vous… Vous vous rappelez le propriétaire de la maison, un homme très vieux, respectable, l'air noble…

– Eh bien ?

– Fiez-vous après cela à l'humanité ! C'était lui le chef de toute la bande !

Iaroslav Ilitch parlait avec chaleur, et prenait prétexte de ce fait banal pour condamner toute l'humanité ; c'était dans son caractère.

– Et les autres ?… Et Mourine ?… demanda Ordynov d'une voix très basse…

– Ah ! Mourine ! Mourine !… Non, c'est un vieillard respectable… noble… Mais, permettez… vous venez de jeter une nouvelle lumière.

– Quoi ? Est-ce que lui aussi serait de la bande ?

Le cœur d'Ordynov bondissait d'impatience.

– D'ailleurs... Comment dites-vous... fit Iaroslav Ilitch en fixant ses yeux éteints sur Ordynov, signe qu'il réfléchissait. Mourine ne pouvait pas être parmi eux... trois semaines avant l'événement il est parti avec sa femme, dans son pays... Je l'ai appris par le portier... vous vous rappelez, ce petit Tatar...